講談社文庫

ホスト万葉集

文庫スペシャル

著：手塚マキと歌舞伎町ホスト80人from Smappa! Group
編：俵 万智・野口あや子・小佐野 彈

講談社

ホスト万葉集 文庫スペシャル 目次

嘘の夢 嘘の関係 嘘の酒
こんな源氏名サヨナライツカ

コロナかもだから会わない好きだから
コロナ時代の愛なんて　クソ

ブックデザイン　鈴木成一デザイン室

巻の一

嘘の夢 嘘の関係 嘘の酒
こんな源氏名サヨナライツカ

はじめに

僕らの仕事って何だ？

僕らの喜びって何だ？

僕らの悲しみって何だ？

ホストはフラれる仕事です。
どんな売れっ子が接客しても、初来店のお客様が再来店する確率なんて五割もない。
フラれることに鈍感になれるのだろうか？　仕事だと割り切れるのだろうか？

ここはどこだ？

夢をみる場所？　夢をみせる場所？

いや、ここにあるのは夢なんかじゃない。毎日大金が行き交うリアルだ。否応なしに日々突き付けられる人間としての価値。過大評価で大金を得ても、過小評価で苦渋を味わっても、ぴったりと感じることはない。

毎日歌舞伎町にいて、そんなリアルをホスト達は生きている。

そして、愛について考えている。

愛ってなんだ？

「言葉というのは、呟いて閉じ込めておけば、思い出した時に、その言葉が発せられた

（俵万智さんの言葉より）


「言葉に閉じ込めておけば千年もつ」

「今」を忘れないことがホストの仕事だと、僕は思う。

だから「今」をないがしろにせず、大事な「今」を三十一文字に閉じ込めて欲しい。

ぼんやりした夢にすがるんじゃなくて、リアルな思いを噛み締めてほしい。

時の鮮度で蘇るんです」

＊

ホストたちと短歌をはじめたのは、二〇一八年の夏です。

うちのスマッパ！グループが歌舞伎町のホスト街に出店した書店「歌舞伎町ブックセンター」で開催した歌人・小佐野彈さんの出版記念イベントで、ホストたちに即興で短歌を作らせる企画を行ったのがきっかけです。

それから毎月、歌会を続けてきました。

俵万智さんや小佐野彈さん、野口あや子さん、そして選者が来られない時には鈴掛真さんにもホストの短歌を批評・添削してもらいながら続けました。

飲み屋でのトークは短文の掛け合いで、一人がダラダラ喋ることはありません。だからホストは短い言葉に思いを込めるのが上手いんじゃないか？「ホストたるもの歌のひとつでも詠めなきゃ」なんて言って始めましたが、実際に短歌を作ってみるとやはり難しい。ホスト達を、やる気にさせて、歌会に参加させるのも大変でした。

一年半の歌会で、ホストたちが作った歌は、九百首近くになりました。

そこから、俵さん、野口さん、小佐野さんに、約三百首を、選んでいただきました（編集部注＝文庫化にあたりさらに歌数を絞りました）。

そして、いよいよ本になるぞ、と思った矢先に、新型コロナウィルスの感染拡大で、僕らに突きつけられたのは、不要不急という現実でした。ホストにとっても、お客様にとっても、歌舞伎町という街にとっても、最大の危機です。三月下旬から続いた夜の街への外出自粛を、僕らは「自分磨きの期間だ」と考えて、自暴自棄にならないようにしました。先行きの見えない五月に、いまの一番新しい言葉を歌に残そうと考え、ウエブの会議アプリのＺｏｏｍを使って、二回、歌会をやりました。

編者の皆さんもお三方とも参加してくださり、そこで集まった歌で、最終章を作りました。

拙い言葉を紡いだホスト短歌。そんな言葉たちから歌舞伎町ホストクラブの世界を覗いてみてください。

二〇二〇年六月

スマッパ！グループ会長　手塚マキ

「歌舞伎」に来た

歌舞伎町　夢と希望と欲望に
うずまく町、町、人、人、町、町

眠らない街と言われる歌舞伎町
なのに寝ている　道路に人が

ゆきや

気をつけろ身なりで人を見ていたら中身はカラッポああ歌舞伎町
ルブタンにグッチにプラダ　ルイ・ヴィトン　エルメスシャネルバレンシアガ
江川冬依

赤蜻蛉迷い込んだのは某事務所　命は巡る歌舞伎町にも
気をつけて酒と女と歌舞伎町　またなくしたのアイフォンX

太陽が沈んだ後の人の波そういう海で僕は泳ぐの

毎日のように怒られまくる日々いつか見てろよ先輩たちよ

ホストをはじめた理由
モテたいしお金もいっぱいほしいからです

夕暮れと共に目覚めて家を出る
夜から始まる僕の一日

咲かぬなら咲かせてみせろホスト花
苦しく長い道のりだけど

天弥秋夜

初指名——1年目

ケータイを開いて閉じて朝の九時
寝る間を惜しむ二十四時間営業

初指名小さな一歩それだけで嬉しく思える内勤冥利

＊内勤＝店内スタッフ。黒服。ホストのテーブル移動を差配する。

新人を叱る先輩売れてない　人の振り見て我が振り直せ

SHUN

早く呑め　手がいたいよねコールだね　楽しく呑もうマジマジ卍

我慢して我慢に我慢に我慢してやっと卓抜け出したおしっこ

姫帰りシャンパングラスを片付ける祭り終わった朝露の感じ

天翔

＊姫＝上得意客のこと

ムカつくよ！
初回で使う博多弁あいつモテすぎ！ 禿げそうマジで

朋夜

ホスト初回　携帯いじって離さない
何故ときいたら「タイプじゃないし」

蒼葉

＊初回＝初来店した客（まだ指名が決まっていない）。

送り指名もらって嬉しいものだけど
店を出てからLINE途絶える

＊送り指名＝初回の客が帰るとき、見送り役のホストを選ぶ（次の指名への第一歩ではあるが、そう甘くはない）。

テーブルのグラスなみなみ注がれる
飲むは地獄だ飲まぬも地獄か

亜樹

夢なのか現実なのかわからない
もてなす気持ち夢のなかでも

Nari

千円を前借りにして口にする
おにぎり一個の我の悔しさ

武尊

今日もまた売れない僕は酔いつぶれ
思い出すのは母の泣き顔

亜樹

ホストだよ　最後の道は選んだよ
ナンバーワンかオンリーワンだ

NARUSE

反対を押しきり続けたホスト道
感謝の札束今に待っとれ

武尊

姫と一緒に——2年目

飲みましょか今日も今日とて飲みましょか
あなたと一緒に日が昇るまで

怜耶

今日行くね　初回の人からライン来て
ヘルプ付いても鳴らぬケータイ

＊ヘルプ＝指名客がないホストは、内勤の指示でほかのテーブルについて盛り上げ役となる。

店が好き　そう言っていた女の子
被りの卓を一生ガン見

＊被り＝指名してくれる姫が複数、同時に来店している状態、またはそのホスト、姫のこと。

ホスクラの入口に立つ女の子複雑な顔なにかあったの？

ラインでは子犬みたいな君だけど　シャンパン見ると牙をむく君

色恋を望んでないと言ったのに　送りにしたの　ど色恋やん

流々

きれいだね　言ったその日に飲み直し　それでも次の日既読にならず

誠豪

一瞬の笑顔が見たくて入れちゃった。
まるで真夏の花火のように

＊入れる＝シャンパンをボトルで注文すること。

天翔

敬語から始まる関係「お名前は？」
今となってはまず「ナニ入れる？」

「彼氏みたい」はしゃいだ君と笑う日々
知らなかったよ、結婚してるの

シャンコする姿がかっこいいなんていうなら
君が入れればいいじゃん

＊シャンコ＝シャンパンコール。シャンパンを注文すると、店のホスト全員が、姫のテーブルで独特のマイク・パフォーマンスでコールしてくれる。つまり、その間、店のホストを独占できる。

良い匂いどこの香水つけてるの　気づけよこれは俺のフェロモン

無理するな明日(あす)の仕事も会計も心配だけどやっぱ無理して

朋夜

酔った君面倒臭くて嫌いでも会うと口から出る「可愛いね」

お願いね！　煙草の火を消しふと思う　どうして隣にいるのだろうか

斗護

君はいう「シャンパン入れたい。掛けにする」
君のいうこと信じてみよう

蒼葉

＊掛け＝ツケ払い。回収できないと、担当ホストが代わりに払う。

こころから会いたい会いたい捜してたやっと見つけた売掛はらえ

面接で酒が強いと言ってしまい手放せなくなるしじみのサプリ

乱雑に並んだ靴と消し忘れの明かりに一つため息をつく

斗護

気をつけな　早口言葉じゃないけれど
隣の客はよく書き込む客だ

栗原

＊ネット上にホストの噂話を書き込むサイトがいくつか存在している。

俺のサンタは〈クリスマスの歌〉

欲しいのはクリスマスよりナンバーワン　プレゼントよりシャンパンタワー
クリスマスひとりぼっちのお姫様お金で買える彼氏とケーキ

宮野真守

クリスマスサンタに会いたきゃウチに来い　お前のために時間とっとく

つかれたよエイサーエイサーつかれたよ
エイサーエイサー元気みなぎる

七咲葵

＊エイサー＝シャンパンコールの掛け声

シャンパンの泡で歌舞伎に雪が降る
シャンパンタワーはクリスマスツリー

縁

ジングルベル鳴り響く街上（うわ）の空
あなたと聞きたいシャンパンコール

あの頃は届かなかった夢のハナシ
今はもうここにある俺のカタチ

風早涼太

泣かないで——3年目

午前二時区役所通りでタクシー待ち
笑顔の姫も泣いてる姫も

MUSASHI

あの人はそんなんじゃないと言う君も
言われるアイツも素敵なんだね

MUSASHI

自分でもわからないから困るんだ
そんなに俺を問い詰めないで

手塚マキ

彼氏って恋人って付き合うって
信じるわけない何を言っても

手塚マキ

引きよせて抱きしめキスして見つめ合う視線の先の君は誰なの？

気まぐれでぶっきらぼうな俺やけど貴方のことは好きでありたい

君のため服買い痩せてメイクしてすでに心は売り切れ寸前

かっこいい！　可愛い！　言われるあのホスト見えない言えない汚い姿

朋夜

何してる？　今どこいる？　鳴る電話感じる殺意歌舞伎町かくれんぼ

「嫁さんになれよ」だなんてディボンカバー一本で言ってしまっていいの

まだ平気視界ぼんやりぐーるぐる飛んでる意識　ドンペリヘネシー

青山礼満

キッチンでグラスひたすら洗いつつ余ったシャンパン片手に晩酌

芝

ねぇねぇいつまで待たすの俺のこと
もう来なくていいよわかるね？　本当の意味

速水和也

行けたら行くねそんなこと別に聞いてない
今日会いに来てくれる君が好き

風早涼太

七夕に会いに行くね。と姫が言う
年イチじゃなくて毎日来いや

宮野真守

「お茶引けない(>_>;)
お前だけしかいないんだ!!」
……三人来店。さぁどうするオレ

宮野真守

＊お茶を引く＝「姫」の来店がなく、暇してしまうこと。

奇遇だね！　その映画、オレも観たかった！
…今日もよろしく、
フレディー・マーキュリー

宮野真守

最終日LINE開いて文字打てず
知りすぎた君にもう頼めない

NARUSE

君の来ない夜にトイレで聞いている
あいつの席のシャンパンコール

手塚マキ

ラーメン二郎の歌

後輩とご飯を食べに行きましょか気づけばいつもラーメン二郎　怜耶

思い出のそば屋は今は案内所そばを諦め風俗店へ　斉藤工

酒飲んで気付けばホテルさようならお腹が空いたやっぱり二郎　純一

営業後何食べようか迷いつつ最終的にラーメン二郎

後輩とキャバをふと見て帰路に着く
売れたらいつか連れて行くから

武尊

二日酔いの歌

ワインとは上物選ぶ事よりも君とのむのがマリアージュだよ　鳳堂義人

満たされたグラス片手で飲み干せば綺麗な泡と共に消えゆく　斗護

スーパーの野菜の値段ケチるけど飲んでる酒は定価十倍　藍之助

我ながら全くもって手に余る私の中の酒乱のワタシ　達也

シャンパンの色が変われば値が変わる白よりもロゼ　ロゼよりも黒

楽しいな　パリピピリピリ　ピッピリピ
昨日の記憶一切ねぇわ

令和

シーソーゲーム——5年目

ホストが言う「客を育てる」という言葉
育ててもらうのは　自分の方だよ

MUSASHI

「今日どうしたい？」「任せるよ」

あやふやな駆け引き飛び交う十一時半

朋夜

エレチューで誤魔化してきた関係性
出口見えない色恋営業

＊エレ＝エレベーター

手塚マキ

死んでやる　客に言われて優しくし
五分経ったらシャンパン入る

シーソーゲーム――5年目

カッコいい！　客から言われる褒め言葉
もっとひねれよ言われ飽きたから

速水和也

気をつけてこの人誰でも好きと言う
テンプレ返すお前だけだよ

武尊

酔わないとシャンパン入れないお姫さま
徐々に濃くするジャスミン茶割り

宮野真守

バースデーいつもはしないイチャイチャを
察してくださいい何故するのかを

武尊

テーブルに呼んでくれてた先輩が
今は俺より俺の席居る

武尊

言いたいなら好きなだけ言えば？
俺は知らない売れてるのは後輩の俺

速水和也

お！　おはよう数字抜かれた後輩に度肝を抜かれ
お、おざまっす

武尊

威張るなよホストが凄い訳じゃない
死ぬ気で稼ぐ女が凄い

青山礼満

札束が入りきらないＡＴＭ
退職金も入らぬホスト

鳳堂義人

二年前売掛飛ばれて給料マイナス
クロムハーツ売りました

菅田賢斗

飛んでったあの大好きな先輩と
すれ違うのがここ歌舞伎町

*飛ぶ＝音信不通になる。姿を消す。

大貴

会いたいよもう一度だけ忘れたの？
二人の時間売掛百万

大崎愛海

シーソーゲーム――5年目

君に逢えれば

変化球ぼくの気持ちはストレート　サイン見逃すぼくが悪いの　佑哉

賑やかな仕事の中でのメッセージ気付かぬフリして声が聞きたい　佑哉

愛してるその一言をきくだけで僕の視界がカラフルになる　達也

かわいいなー場内しろよと心が叫ぶ　テンション上がる発情期かよ

夜も更けてお酒も進んで氷も解けて君の心も溶かしてみたい

蒼葉

イロ恋と言われた時に悲しさが溢れ出すのはお金のチカラ？

佑哉

わからない　女心のマチュピチュに迷い込んだのかもしれません

サイフがない！

お茶をひく肩身のせまい新人は指名欲しさに初回バリアン

＊バリアン＝歌舞伎町にあるホテルの略称。

青伝票二人を結ぶ赤い糸金の切れ目が縁の切れ目か

達也

早起きし連絡するのは夢のため
ゆめの続きってなんだったけな

天翔

いいないいな一千万円売りたいな　お尻を出した子一等賞

アフターのバーで飲み過ぎつぎの日に
サイフがないし記憶がないし

ゆきや

ラストソング

＊ラストソング＝その日の売り上げナンバーワンホストが閉店前に歌う。ホストの晴れ舞台。

姫からの死角を探し姫を呼び
口を拭って姫から姫へ

手塚マキ

もう嫌い担当なんてもう嫌いわかっているが心は戻る

一護

お前だけ　言ってくれたねその言葉
信じていても裨りがさらす

一護

あと十万届かなかったナンバーワン
全然減らないオーパスワン

手塚マキ

久々に代表らしいとこ見せる
今日はラスソン背中で見せる

凰華麗

光合成欠く不夜城に降りそそぐ
シャンパンコールという名の日差し

宮野真守

おめでとうシャンパンタワーまぶしいね
いつまでわたしがんばるの？　ねぇ

手塚マキ

キンプリをあなたに歌うと決めたから
お願いラスソン取らせてお願い！

朋夜

曖昧な「イエス」でラスソンラブソング
消えぬ残像姫の横顔

武尊

噓の夢噓の関係噓の酒こんな源氏名サヨナライツカ

手塚マキ

「ごめんね」と泣かせて俺は何様だ
誰の一位に俺はなるんだ

手塚マキ

深夜急行〈詠み人知らず。店内の投げ歌箱より〉

それでいいの傷さえも愛おしいのと言っていた貴方はすでに傷そのものだ
リツイートされてた貴方のその笑顔直接君から知りたかったな
おめでとうこの一言に詰まってたありがとうやごめんなさいが
よく見ると良いことだってあるんだよ　深夜急行千歳船橋

だけど、I♥歌舞伎町

一回目の緊急事態宣言下で。Zoom歌会2020年5月15・22日

君からの返信ないが既読付く
俺に連絡今自粛かな

愛乃シゲル

「コロナだし」行かない理由を探してた
嘘でもなくて本当でもない

引きこもり食っちゃ寝、ゲームゴロンゴロン
これで褒められる合法ニート

この時期に大丈夫だよと会いにくる
酒が好きなの　俺が好きなの

宮野真守

会えない日々　いつかまた会う日を望み
84円に気持ちを乗せる

宮野真守

「伝えたい会えない日々が続くから」振込先の口座番号

宮野真守

店休み？　どこで会えるの？
濃厚な接触してよ　客じゃないなら

手塚マキ

見つめ合い　あ、これダメだね　照れ笑い
カラダは離すもココロは密で
MUSASHI

座談会

「ホスト短歌の原点は、元祖チャラ男・光源氏です」

編者＝俵万智／野口あや子／小佐野彈
＆スマッパ！グループ会長・手塚マキ

編集部　『ホスト万葉集』選者のみなさんにうかがいます。選者となるにあたり、どのようなことを思って選考にのぞみましたか？

俵万智　わたしは単純に読者として「あっ、読んでみたい」という思いがありました。ホストの方たちが短歌を作ったらどんな歌が出てくるんだろう、と。もともと短歌と恋愛はすごく相性がいいんです。日本では、千年以上前から、歌で愛を表現しあっていて、短歌には、「相聞（そうもん）」という、「愛の歌」のジャンルが、ど真ん中にあるんです。『万葉集』や勅撰集（ちょくせんしゅう）がその代表です。ホストという愛のプロのような方たちが歌を紡いでくれたら、「短歌も喜ぶんじゃないか」って、そんな気持ちがしました。

編集部　男性が女性に対して愛を歌う、というところが面白いということですか？　たとえばホステスさんが作るよりもホストが作るほうが面白いとか？

俵　たしかに、ホステスさんの歌があっても面白いかもしれません。ただ、わたしは、野口あや子さんが、『源氏物語』の光源氏のことを「元祖チャラ男」だとおっしゃっていたのがすごく面白かった。光源氏は女性を口説くために短歌を使っています。わたしも『源氏物語』がすごく好きなんですけど、本当に短歌が愛の実用品として機能しているんですよね。

光源氏は、いろんなタイプの女性を口説いてるんだけれども、一人ひとりを口説いているときはものすごく真剣で、心底、その人のことが好きだということが伝わってきます。ホストの方たちも、いろいろな女性との関わりを持たれているとは思うんですけれども、たぶん一人ひとりと向き合うときは光源氏のように真剣なんじゃないかな。だからそういう現代版・光源氏の歌が読めたらいいなと思いました。

編集部　野口あや子さんが、選者三人が揃ったホスト歌会でのあいさつで、「光源氏は元祖チャラ男だ。ホストは光源氏に通じる」と言ったんでしたね。

野口あや子　「ホスト万葉集」のきっかけは、小佐野彈さんの第一歌集『メタリック』の販売促進イベント(二〇一八年七月二九日)です。スマッパ!さんが経営している「歌舞伎町ブックセンター」という、ホスト街のど真ん中の書店で、ホストの方に即興で短歌を詠んでいただいて、その場でアドバイスして歌を仕上げる、という企画をやりました。それを機に「ホスト百人一首」を作ろうという話になったんです。

今の短歌って、机の上で一人で完結するものになりつつあると思うんです。だから、コミュニケーションの中で短歌が生まれたら楽しいだろうなと思いました。それがすごくおもしろかったので、また次もやろう、その次もやろうと、続いていきました。

編集部　開店前のホストクラブや事務所で、毎月のように歌会をやった時期もありましたね。お客さんも入れないで、ホストと選者だけで歌を出し合って評価して。最初は「ホスト百人一首」というタイトルで、短歌が百首できたら本にしようなんて言ってたら、八百以上、歌ができて。令和になったし、これは『ホスト万葉集』だろうと盛り上がりました。小佐野さんは、どうしてホストのみんなと歌を作ろうと思ったんですか。

小佐野彈　ぼくは、客としてたまにホストクラブへ行くんです。ホストの子たちとLINEのやりとりしたり、彼らは割と身近な存在なんです。自分の中で迷いがあったり、落ち込んだときなんか、ただ誰かと話がしたくなる、そんな時の話し相手のようなものです。

その一方で歌人として、自分自身が今グラついているなと思うとき、『新古今集』や『万葉集』を読むんです。

その両方を知っていて思ったことは、先ほど俵さんが言ったことに通じるんだけど、短歌というか昔の和歌の「相聞」って、ホストの世界にすごく共通しているところがあるんですよ。

俵　和歌の「相聞」は贈る側も、受けて返す側も、五七五七七というルールにのっとって愛のやり取りをする。ホストって忙しいから、お客さんとのやりとりは、もっぱらLINEですが、その短い文章の中にパワーワードがガッと詰まってて、すごいうまい。だから彼らが歌を詠めないはずがないって思いました。

そうそう、素養がありそうですよね。ホストって、見目麗しいというだけじゃなくて、会話や言葉の力で人との関係を築いているんだなと思う。その人たちがどんな言葉を使うのか。歌を詠めないはずがないというのはすごく腑に落ちる表現ですね。

小佐野　ホストは、現代において最も短歌を実用できる立場なんじゃないかなって思います。野口さんが言っていた光源氏が「元祖チャラ男」というのだって、歴史上架空の人物だけど、史上最もチャラい男が言葉、歌を実用的に使って女を口説くってね、ホストと共通している部分があると思いますよ。

野口　チャラい人がキラキラした言葉を女性に使うのは、けっこう原始時代から人間がどれだけ進化しても変わらない、普遍的な感じがします（笑）。

編集部　ある意味、短歌の原点のところと近いところにいるのがホストたちではないでしょうか。さて、今回、ホストの世界への「案内役」を引き受けてくださいました手塚マキ会長にお話をうかがいます。手塚会長は、歌舞伎町にホストクラブを六軒経営しているほか、ホストが書店員となっている「歌舞伎町ブックセンター」（現在はビル改装で休店）を作って、「ホストと文学」という視点でイベントを行ったりしています。
今回なぜ、ホストに短歌を作らせたいと思われたのか、この企画の趣旨をおうかがいしたいと思います。

手塚マキ　ぼくは皆さんと違って短歌のことは詳しくないし、高い志を持って短歌を作る、歌を詠むというのとはちょっと違うんです。自分たちの社会とか、自分たちホストに対する気持ちを歌に乗せさせてもらった……という軽い感じで（笑）。話は長くなってしまうんですが、ぼくはもともとホストをやっていて、自分でもホストクラブを経営するようになってからは特に、若いホストたちへの教育を考えていました。

何を教育するのかというと、「知識」より「教養」という言葉のほうが近いかな。お客様が嬉しいとき、悲しいとき、その気持ちをちゃんと酌んであげることができる人間になってほしい。感性の幅を広げるような教育をしたいと思っていました。

スタッフたちは、自分より十も年下の子たちなので、彼らに分かりやすく、本を読もう、映画を観ようとずっと言ってきて、「歌舞伎町ブックセンター」をオープンしました。でも若い子たちに本を読めって言ってもなかなか読まないんですよ（笑）。一時期、本を買って読んで、その感想をブログに書いたら会社が買い取ってあげる、というようなことをやったりしました。「歌舞伎町ブックセンター」を始めたのも、本屋をやればスタッフたちも本を読むかなって思った。

でも漢字が読めないヤツがいたり、長い文章を読めないヤツがいたり。そういう子たちでも、短い詩集や短歌なら読むんじゃないかと思ったのが始まりです。

その流れで出版イベントを開催することになり、野口あや子さん、小佐野弾さんのお二人を紹介していただき、うちの本屋に短歌集や詩集を置いてみようということになりました。そこから、自分たちでも作ってみよう、読んでみようという流れになったんです。彼らに短歌で自分たちの気持ちを素直に書かせたかったんです。

ホストの仕事って、先ほど小佐野さんがおっしゃっていた通りなんですが、伝える側でもあるし、聞く側でもあるんです。お客様のちょっとした一言や、さり気ない一言、ＬＩＮＥの短い文章の裏側にある背景やお客様の気持ちを読み取ることがホストの仕事だと思っています。一流のホストは、その能力が著しく高いんです。短い言葉の中に、どれだけの気持ちが込められているかを読み取ることができる彼らなら、短歌を作ったり読んだりすることを楽しむんじゃないか、向いてるんじゃないかと思いました。だから今回の企画をいただいたとき、ホストにはうって付けだと思ったんです。

編集部 野口さん、小佐野さんとの出会いがきっかけではなく、先に手塚さん自身に、その思いがあったわけですね。

手塚 お二人から「ホスト百人一首」を作ろうって言われて、お二人が誘って俵万智さんも最初の頃から参加してくださることになって、ぼくら「よっしゃ、やりましょう」って大喜びだったんです。お遊び半分、チャラい企画で「ホスト百人一首」をやるんじゃなくて、本職の歌人の方々に参加してもらえるなんて、われわれからすればラッキーというか、してやったり！ぐらいの気持ちになりました。

小佐野 そこは、ぼくたち歌人サイドにとっても大歓迎だと思ったんです。短歌だって俵さんの『サラダ記念日』（河出書房新社）で日本の短歌人口が爆発的に増えたわけだし、今回の『ホスト万葉集』をきっかけに短歌の読者が増えたら、短歌にとってすごくいいことだと自負しています。

俵 タイトルが既に秀逸というか（笑）。言葉って、言葉そのものを発明することはできないけれど、組み合わせはいくらでも発明できるんですよね。それぞれ遠くにある言葉と言葉がくっついたときの衝撃というか……。たとえばわたしの歌集のタイトルにある「サラダ」も「記念日」も、もともとある言葉です。それをくっつけるとわくわくする言葉になる。だから「ホスト」と「万葉集」って一番遠そうで、一緒にはできそうにないものをくっつけた時点で、すごいわくわく感のある組み合わせの言葉が生まれたと思いました。

手塚　ラッキーですね。

野口　「ホスト百人一首」は、小佐野さんのイベントの前々日に友人と二人で飲んでいて、そのときに「じゃあ次にイベントをやるなら『ホスト百人一首』！」とぽろっと言ったのがはじまりです。百人一首って歌人のキャラクターがつぶし合わずにそれぞれの魅力を出してるじゃないですか。それってけっこうホストクラブに近いと思って。控え目な人もいれば、オラオラな人もいる。刹那的な人も、のんびりした人も、みんなそれぞれ魅力が出せるという意味で、百人一首や万葉集に近いんじゃなかと。

手塚　まさにそのとおりだと思います。たとえばお客様が五人いらっしゃったとしたら、五人にまったく同じ営業をするホストなんかいなくて、一人ひとりとの関係性がそれぞれバラバラなんです。オラオラ営業だとか何とか営業とかって言ってるのって本当、二流のホストの話で、その人との関係性を重視して、そのお客様一人に向けたサービスを徹底するというのがプロだと思うんです。おだやかな時間を過ごしたいお客様もいれば、朝までカラオケで大はしゃぎするお客様もいる。自分は朝までタイプが得意なら、そういうお客様が増えてしまうのは仕方ないかもしれませんが、早い時間にゆっくりお食事を一緒に楽しみたいお客様がいて、そういう方と文化や教養について語り合うことができたら、それはそれで素晴らしいと思うんです。

大人のお客様とは早い時間にじっくりと、若いお客様とは朝までコースでガッツリと、なんて両タイプのお客様の相手をするなんて、ホストでも若いうちでなきゃできることじゃありません。でも、若いうちだからこそ、何でも吸収できるんですよね。それはすごく意味があることだと思います。ぼく自身、そうやって偏らずにいろいろな人と関わってきたことが、今の自分の素養になっているんです。

俵　いいですね。人の何倍も人生を生きているようで。

手塚　だからこそ一人ひとり丁寧にちゃんとサービスを提供することが大事ですよね。ホストとお客様という立場だから、その瞬間、自分が本当にその人のことを好きなのか、嫌いなのかというと、やはりホストとお客様という関係性ははっきりしていて、それ以上でもそれ以下でもないんです。

でもホストもお客様だと割り切ってるつもりが割り切れなくなったり、お客様もホストだからと割り切ってるつもりで割り切れなくなったり……それはどっちもなんですよね。確かに経済のルールに則っての関係性だけれど、これだけお金使ってくれているんだから、ぼくのことを本当に好きなんじゃないか、ってわからなくなっちゃうんですよ。

俵　なるほど。

手塚　普通の恋愛と違ってホストは、お客様一人ひとりとの関係を重視しているけれど、何人も同時進行なんです。そういう意味で、ホストは人一倍、経験値が高いかもしれませんね。

編集部　そういう経験、割り切れないプラスアルファの何かが、人間性に深みを増していくんじゃないでしょうか。それを自分のものにできたらビジネスでも成功できるんだと思うんです。

手塚　そうですね、ビジネスにつながる部分はありますけど、しょせんぼくたちは一つのことをなし得る仕事ではないので。

たとえば一流の歌を書くような人間になるとか、一流の料理を作る人間になるのではなくて、人生の添え物として、ホストという職業があるんだと思います。だから、いろいろな意味で、どれだけ人の気持ちを分かりつつ、サポートすることができるか。それを極めることがぼくたちの生きる道なのかなと思います。

小佐野　それが、三十代、四十代になったとき、何かしら生かせる道があるかもしれない。ホストって意外と体育会系ですよね。普通、女性のお客さんはお客様専用のトイレに行くじゃないですか。でも店によってはぼくとかゲイのお客さんは従業員用のトイレを使うこともあるんです。そこにはいろいろな紙が貼られてて、読むと面白いんですよ。たとえば「来週野球大会あります」とか「＊＊さんとの野球大会は絶対参加してください！　今回は負けられません！」みたいなことが書かれてて。まるで男子校というか、青春というか、体育会系のノリというか（笑）。

俵　部活みたいな。

小佐野　そうそう。「ホスト万葉集」には、普段お客さんとして見ているホストとは違う一面というか、格好つけてない部分が見えてくるんです。彼らが作った歌を通じて、もっとホストクラブが楽しめるようになるんじゃないかな。それから、さっき手塚さんが言ってたけど、やはりホストって夢と現実の境が微妙というか、恋愛と営業との境というか。現実としての経済ルールがある一方で、恋愛を楽しむ一面もある。夢と現実が混在している感じが、歌に合ってると思うんです。

俵　そういうのを歌にしてほしい！　部活みたいな一面もいいけど（笑）。

手塚　水商売をやっている男の子も女の子も、水商売を引退することを「上がる」と言うんです。今いるところが「下」で、水商売をやめることを「上がる」と。それだけ結婚に対する憧れが異常に昔かたぎなんですよ。だから、普通の人よりも水商売の人のほうが、愛の経験値というか、好き嫌いを含め愛ってなんだろう……ってことを日々すごく考えていると思います。とはいえ、ホストだからといって全員が愛のプロフェッショナルというわけじゃないので、こじらせちゃう子も多いんですよ。すごい売れっ子のキャバ嬢がダメ男とくっついちゃったり、売れっ子のホストがダメな女の子にハマってそのまま引退しちゃったり……。愛の経験値が高いからって、理想的な愛の生活を営めるとは限らないんです。むしろそうじゃない人の方が多いくらい。不思議ですけどね。

編集部 常々疑問に思っていたんですけど、クラブのホステスさんやキャバクラのキャバ嬢は男性のお客さんから口説かれるわけですよね。ホストは、女性のお客さんから口説かれるんでしょうかね？　どこかの時点で逆転して、ホストが女性のお客さんを口説くんですかね？　口説くというのは、男性が女性を口説くものだなんていう、古い男女のパターンに当てはまらない気がしませんか。

手塚 そうですね。これはジェンダーギャップの話につながっちゃうかもしれないですけど、ホストクラブとは、もともとは女性がかっこいい男の子から、もてはやされるために主体的に来る場所なんですよ。でも入口はやっぱりキャバクラやクラブに行くのと同じように女性が男性を口説くところから始まります。そこに馴れ親しんでいくと、結局、世の中の、今おっしゃったように、また主対象になって男性（ホスト）が女性（お客様）を口説くというふうにひっくり返るんですよ。女性が主体的に来るはずの場所なのに、お客様が来たら一斉に男の子たちが口説くんです。女性の方から「わたし、あの人がいい」って口説くことのほうがまだ少ないですね。ホストだったら口説くのが礼儀、電話番号を聞くのが礼儀、みたいになっています。

小佐野　ホストクラブの「永久指名制」というもの自体がすごく面白いですよね。つまりその店で一人のホストを指名したら、その人が、辞めたり飛んだり（ホストとお客の連絡がつかなくなる）しない限りは永遠に担当は変わらないわけだから。

俵　途中で担当を変えたらだめなの？

小佐野　そういうことをすると、「オレの客だ！」ってホスト同士の争いになっちゃうじゃないですか。そういうホストクラブにおけるNG行為を「爆弾」って言うんですよ。

手塚　しょせん猿山なんですよ（笑）。

俵　えっ!?　なになに？　専門用語がいっぱい！　初心者だからわからない（笑）。

小佐野　たとえば俵さんの担当が、ナンバー1のマキさんだとします、そこにナンバー2ホストの國兼（注＝担当編集者）がやって来て、マキさんに内緒でこっそり俵さんと連絡先を交換したり、一緒にアフターしたり、こういう行為を「爆弾」と言ってホストクラブで一番やってはいけない行為なんです。

手塚 やったらクビです。

編集部 そうなんですか。えー、ほんとに？

俵 「この人のほうが興味あるから、じゃあ次からこの人」というわけにはいかない？

手塚 いかないんです。

俵 どの段階で誰って決めるの？

小佐野 どの店も初回はだいたい安いんです。せいぜい三〇〇〇円とか五〇〇〇円とか、中にはゼロ円なんてところもあるし。基本、初回で行ったら「送り指名」といって、いわゆる仮指名をするんです。遊び終わったあと、店の外までお見送りしてくれるホストとそこで初めて連絡先を交換するんです。で、二回目はその人を本指名する、というルールになってます。

俵 たった一回で決めなきゃいけないの？

手塚 そうです。

小佐野 だけど店によります。ぶっちゃけ、悩んでる振りをすれば二回目も初回扱いで行けたりするし。ちょっと違うんだよなと思っていたら店に電話して、「すごく悩んでるんで、もう一回初回で通してくれないかな」みたいなことをお願いする。

俵　いろいろな人としゃべって、見た目が好みとか、しゃべった感じで、あ、このお店での自分の担当はこの人がいいな、というふうに一回か二回で決めるのね。そうです。

小佐野　それでもう永久？

俵　基本的にそうです。

手塚　そうやって俵さんがぼくのことを指名してくれたとなったらぼくはみんなに「この人から指名もらったので」と宣言する。それを踏まえた上でみんながサービスします。とはいえ、他のホストともSNSとかで繋がっちゃったりするじゃないですか。そこで悪いことしたらクビになっちゃいます。

俵　一度クビになったら他の店ではもう雇ってもらえない？

手塚　ほかの店に移ることはできますよ。でも、そいつが何をしてクビになったか情報はすぐ伝わります。「あいつは爆弾してクビになった奴」として扱われるんです。

小佐野　以前、爆弾してボコボコにされたホストがぼくのところに来て「新宿警察に被害届を出したい」って言ったんですよ。顔はすごくいいんだけど、頭が悪い子だったな（苦笑）。ぼくは「爆弾してルール破ったんだから仕方ない」って言ったんですけど、どうしても被害届を出すの一点張りで。ぼくは「警察に行っても受理してもらえないよ」と言いましたが、その子は「弾ちゃんと一緒だったら相手してもらえそうじゃん」みたいなことを……。結局、無理くり新宿警察に付き合わされて刑事課の人に「こいつ、爆弾してボコボコにされたんですけど、被害届出したいとか寝ぼけたこと言ってるので、ちょっと叱ってあげてください」って頼んだことがあります（笑）。警察の人もちゃんと分かってるんですよね。たとえば四谷警察の人は二丁目文化を分かっているように、新宿警察は歌舞伎町のことを分かってる。

俵　詳しいんだねえ。すごい、すごい（笑）。

手塚　ホストクラブは、女性が好きな男性（ホスト）を選んでいいという建前なんですけど、それよりも守らなければいけないのが男の秩序なんです。

編集部　でも、その日たまたま休みの人もいるだろうし、新人なんかも入ってきたりするじゃないですか。

手塚　しょうがないんです。だめなんです。

編集部　そうなると「お客様は神様です」じゃないね（笑）。このお話はめちゃくちゃ面白いんですけれど、話の主体が短歌じゃなくて……

野口　ホストクラブ入門になってますね（笑）。

小佐野　先ほど手塚さんがホストクラブのことを「猿山」って言ってましたが、悪い意味じゃなくて永久指名制は本当に面白いと思います。このシステムだからこそ、ドラマが生まれるんですよ。『ホスト万葉集』も歌を読んでいると、お客さんへの一途さが伝わってきます。よくも悪くも、ある意味「オレのもんだ！」っていう感じがある。

俵　読者側もホストクラブの基本を理解することは必要ですね。

手塚　猿山だからこそ、ホストは男に好かれなきゃいけないんです。男の支持抜きに一番（ナンバー1）にはなれないんです。いくら女性（お客様）にモテても、仲間たちが評価する男じゃなきゃ一番にはなれない。それは、一人で全部のお客様を相手にすることができないから。ぼくがいない間には、誰かが助けてくれる、間を繋いでくれる。そういう仲間がいるからこそ、成り立つんです。

編集部 あ、そうか。ヘルプしてくれるホストがいて、はじめて一番になれる。

野口 この『ホスト万葉集』の歌にあって女子として面白かったのは、男子の微妙なヒエラルキーの歌ですね。先輩と後輩の男同士の関係とか、売れてる年下と、売れてない年上、そういう微妙なところとか、偉い同性をそれ以外の同性はどう見ているのかとか。同性同士の微妙な距離感とかを読めるのがうれしいです。

俵 さっき手塚さんがおっしゃった「ちょっとした言葉から気持ちを読めなきゃいけない」というのは、短歌も同じです。短歌を上達させようと思ったら、歌の深い意味を読めないとだめなんです。人の歌を読んで、鑑賞できる力をつけることが、歌を作る力を付けることになります。

手塚 それが文化になっていくとすごく嬉しいです。ホストたちが人の歌も読むし、自分でも歌を詠む……となっていくといいですけどね。

俵 女性のお客さんが、ホストから短歌をもらったらちゃんと返歌ができるようになりたい、なんて思ってくれたらすてきですよね。「ぼくの歌を君にあげる。君から歌が返ってきたらもっと嬉しいよ」なんて言われたら、女の子は一生懸命歌作っちゃいますよ。基本、短歌の相聞というのは往って返ってでワンセットなので。

『源氏物語』でも、たとえばストレートに口説くんじゃなくて、季節の歌に託して思いを伝える。で、受けた側は実はノーなんだけどそのままノーと言うと角が立つからまた季節の歌で返す。客観的に見るとただの季節の挨拶がやりとりされただけなんだけど、水面下では口説いていて、ごめんなさいをしているみたいなことがけっこうあるんですね。

手塚　傷つけ合わずにお互い、スマートにやりとりするという。だから言葉のやりとりとして、短歌とホストって共通するところがあるんじゃないかなと思います。

俵　おっしゃるとおりです。たとえば好きか嫌いかということに対して論じ合うんです。「好きなの？」と聞かれたら「好きって何？」と聞き返したり、「つき合うって何？」とか、「彼氏って何？」とか。君の好きとぼくの好きは違うよね、なんて言うこともあります。

そういう納得のさせ方をしてもらえたことで満足を得るということはありますよね。

手塚　でも結局は「あなたが特別なんだ」という話になるんです。ほかの誰かと比べて相対的にどうこうではないし、君の友だちのAちゃんとB君がつき合ってるのと、ぼくらの関係性っていうのは違うんだよと、否定しながらも、われわれは唯一無二の特別な関係だということをアピールするんです。

俵　なるほどねえ。

手塚　そこにどんな言葉が介しているのかは、それぞれだと思うんですけど、単純に「好きだよ」「ありがとう」「つき合って」「いいよ」ということではないんです。それが分かってないホストって、すぐにひっくり返されるんですよ。「好きだって言ったじゃない！　わたしたちは付き合ってるんだから！」みたいになっちゃう。

俵　「君が一番って言ったじゃん」みたいな。

手塚　でも、そういうことを言わずに、ぼくたちは特別な関係なんだってことを、相手に理解してもらう。

俵　ほーお、高度だなあ。

編集部　しかもそれ、かっこいいというだけじゃだめですね。

小佐野　やっぱりそれはお客さん側もどこかで分かってるんだろうな。ぼくの場合は同性だから、ホストクラブに行っても行き着くところは友だち営業なんです。ホストの人からは「弾さんとはやっぱり分かり合えるよね」とか。

俵　経験値が違います（笑）。

小佐野　ぼくが得た結論は、小佐野弾に対しては、最終的にみんな友だち営業になる。

野口　友だち営業というのはどういうものですか？

小佐野　なんとなくその……一緒に飲みに行ったりとか。「おれたちって本当、分かり合って気が合うよね」みたいな感じで、うまいこと友だちにもっていくみたいな感じです。

俵　で、またお店に来てってこと？

小佐野　太い客じゃないけれど、細客でけっこう客数稼げる客に育てていくという。気軽に「ちょっと来てよ！（ボトル）一本でいいからさ」みたいな感じ。で、こっちも「いいよ」って。

手塚　本当は一人ひとりの関係性は違うんですけれども、お客様側とすると、もちろんホストもそうですけど、なんとなくジャンル分けみたいなのをしちゃうんですよ。この人は友だち営業、この人は恋人営業みたいな。さらに恋人営業の中でも、本カノ営業と、色カノ営業みたいな感じでジャンル分けしてる。お客様側も「私は何？」というのを確認している。さっきも言いましたが、一流のホストになればなるほど、その線引きをうまくやるんですよ。

小佐野 ホストとお客さんのやりとりの、心の機微が、短歌に通じるんじゃないかな。だからある意味では、お客さんは進んで騙されるという言い方はおかしいけれど、どこかで自分から引っかかりに行くわけだし、そういう危険なものを求めに行く。

手塚 心の細かいところまで見ていくと、好きか嫌いか、自分でわからないところがあると思うんですよ。そこが面白いところなんですけど。そこを、何か言葉に換えられたらいいなと思います。

俵 お客さんとして女性を見てるのか、本当に好きな人として見てるのかというその境目が曖昧だからこそできるお仕事でもあるわけですよね。

手塚 たとえば「しょせん僕たちは客とホストだから」と割り切ったことをお客様に言ってるホストが、実はやさしいやつだったりするし、「君が好きなんだ」と言いながら全然雑なやつだっているし。どこの日常の社会でもあると思うんですよ。その白黒に分かれないグラデーションの部分、自分の経験したシチュエーションとかを、ホストが言葉で表現することができると、ちょっと心の整理になるのかなと思うし、僕も見てみたい部分でもあります。僕らの特殊な生活の中でも特殊な心の機微の場所だと思う。さっきも言ったとおり、僕は、彼らが教養を身につけて大人になっていってもらいたいという思いがあるので、三十一文字の短歌が自分の気持ちを吐露できる場所になるような文化が根づくと嬉しいです。毎月一回、何日は必ず歌会を開いて、そこでこうだと言い合うのをやっていく文化になっていくといいなと思いますけどね。生活記録運動じゃないですけど。

小佐野　手塚さんは、最初の打ち合わせのときから、「ホストが歌の一首や二首詠めなくてどうするんだ」という文化にしたいと言ってましたからね。

手塚　うちに新人が入ってきたら「え？　みんな短歌……歌うんですか」みたいなね。

編集部　ゆくゆくは短歌を一つのたしなみとして。

手塚　たしなみ、いいですよね。ホストたるもの、短歌つくるのはたしなみだろうって（笑）。「え？　短歌？　常識だろ。おまえホストのくせに短歌も作れないの？」となったら、おもしろい世の中じゃないですか。うちのグループが歌舞伎町のごみ拾いというのをやってるんですけどね。十年間やってますけど、月に一回ごみ拾いなんてもう当たり前になってるんですよ。歌会も当たり前にすることは、そんな難しくないと思うんですよね。

野口　この『ホスト万葉集』は、ホストクラブに行ったことのない、ホストクラブという世界に初めて触れる層に読んでもらいたいですね。子育てしてるお母さんとかも、ホストクラブ行かないけど、覗いてみたいという人は多いでしょうし。

小佐野　自分のこと、どう口説いてくれるのかなとか、知りたい。

口説かれたい、みんな、どこかで。日常ではないところで口説かれたいんだよね、やっぱ。

編集部　ホストの世界と短歌の世界、意外な共通点があることがわかりました。今日は貴重なお話をたくさんうかがうことができました。ありがとうございます。

（スマッパ！グループのホストクラブ『AWAKE』にて）

コロナかもだから会わない好きだから
コロナ時代の愛なんて　クソ

序――夜の街はうたい続ける

『ホスト万葉集　巻の二』がいよいよお目見えします。第一巻が発売された七月から十一月までに開催された計六回の歌会で集まった五九一首の歌のなかから、わたしたち三人の編者が三七五首を選び、この歌集を編みました（編集部注＝文庫化にあたりさらに歌数を絞りました）。

新型コロナウイルスの勢いが衰えないなかにあっても、ホストと編者はWeb会議システムの「Zoom」を使って、毎月の歌会を続けてきました。

トランプの絵札のように集まって我ら画面に密を楽しむ

俵万智『未来のサイズ』より

三密の回避、クラスター、オーバーシュート。

そして、夜の街。

耳慣れない言葉に戸惑いながら。あるいは、批判の声を浴びながら。ホストたちはタブレットやスマホの画面に集まり、まっすぐな思いを五・七・五・七・七のリズムに託してうたい続けました。

コロナの影響でホストを続けられなくなってしまったひとや、実際に感染してしまい、仕事ができなくなってしまったひともいました
スマッパ！グループ会長の手塚マキさんは行政の会議や商店会の会合でさまざまな施策を訴え、ホストたちを、そして「夜の街」と呼ばれるようになった歌舞伎町を、守ろうと努めていました。第一波が過ぎ、第二波も落ち着いて、やっと『巻の二』の編集作業も大詰め、というときに第三波は容赦なくやってきました。

それでもホストたちは歌を詠んでいます。ユーモアや自虐で自らを励ましながら、恋する気持ちは忘れない。なにより、決して成長をあきらめない――。

彼らの言葉の力強さに励まされてきたのは、わたしたち編者のほうかもしれません。

第一巻には、たとえばこんな歌がありました。

千円を前借りにして口にするおにぎり一個の我の悔しさ

武尊『ホスト万葉集』より

第一巻で「おにぎり一個」の悔しさに身を震わせていた作者は、歌の技巧を磨くとともに、自分自身も磨いて、ついにナンバー1まで上り詰めました。てっぺんに立ち、ちがう景色が見えるようになった彼の歌は、『巻の二』でどう変わったのか。

楽しいな　パリピピリピリ　ピッピリピ　昨日の記憶一切ねぇわ

令和『ホスト万葉集』より

ホストにしか生み出せない楽しい響きを持つ歌が、「Twitterで11万超の「いいね！」がつくという、思いがけないかたちでバズったのは、編者はもちろんのこと、作者本人にとってても嬉しい驚きだったようです。『巻の二』で、彼はどんな歌をうたうようになったのか。

君の来ない夜にトイレで聞いているあいつの席のシャンパンコール
「ごめんね」と泣かせて俺は何様だ誰の一位に俺はなるんだ

手塚マキ『ホスト万葉集』より

嫉妬、競争心、葛藤のはての自己嫌悪。恋する気持ち、さびしさ、「会いたい」という願い。世の中はうつろってゆくけれど、人のこころの根っこの部分は、うつろいを知りません。

めまぐるしくうつろってゆく夜の街で、日々笑い、泣き、怒り、愛しながら、ひたすら歌を紡ぐ男たちの「こころの根っこ」に触れてみてください。

二〇二〇年十一月

俵万智
野口あや子
小佐野彈

歌舞伎町２０２０　マスク盛れ盛れ

夜の街どこも同じだ夜の街
日没する場所みな夜の街

赤木蓮

この店はコロナ対策大丈夫？　初回で来るなら家から出るな

マスク盛れ　活かさぬ手はないイロ掛けて
君は手の上　コロコロコロナ

大貴

酒飲んで初めて見せるその素顔
マスクの下はアタリかハズレか

大貴

飲みたいね騒ぎたいよね俺もだよ
こころの中で接触してる

ギラギラと偏見の視線浴びながら
おれはほすとでキラキラするよ

赤木蓮

あなたからうつったんなら別にいい
むしろシェアしてなんかエロくね
大貴

「お前からうつされたならしょうがねえ」
器でけーな〝風早涼太〟
大貴

なんで今　「指名でいくね」なんで今
もう一度言う　なんで今なの

大貴

今ひとり家にいるのは明日のため
今日もひとりで乾杯するか

天翔

保健所と電話してたよさっきまで
魚が好きないい人だった

天翔

歌舞伎町　危険、危険と叩くけど
生きてくしかない俺の街だから

風早涼太

ねえコロナあなた何処からきたのかな
去っていったの東京五輪

大崎愛海

何使おう最初の「帯給」空に舞う
来月稼ごうあれまたこれか

＊帯給＝百万円の銀行の帯が巻いたまま渡される月給。

武尊

俺なのかおれ以外なのか　言えるのは
売れるが先か熟れるのが先か

武尊

店来ない安定収入昼職と
稼ぎ減っても来る風俗嬢

誰も居ぬ寮を一人で掃除する
こんなところは早く出てやる

夢を見た貴方と飲んだその夜に
また逢いに行く夢を見ました

YOU

出かけたい出かけられないコンチキショー
そういえば誕生日だね百合子おめ

天翔

かっこいいと初回で呼ばれ席につき
マスク外して会話なくなる

蒼葉

「やらかした一生やめるわ酒飲むの」
夜にまた言う「酒しか勝たん」

タバコ吸う姿がいいと言う女
大体みんな売り掛け飛んだ

江川冬依

二日酔い昨日の酒が残ってる
あの日の記憶残らないまま

心

コロナ怖いもう会えないと言う君が
クラブで何故か踊っていたよ

明星ハク

泣いた痕、死んだ目をした女の子。
きっと待っても、彼は来ないよ。

江川冬依

「雫しか勝たん！」嬉しいその言葉
そんな雫はち◯ぽしか勃たん！

雫

ＬＩＮＥでさ姫から一言「もういいわ」
全裸で踊った記憶もねぇわ

シャンパンの開栓の音響きわたる　やっぱこれだわホスト魂

辛いっす！そう言いつつも店に来る
なんだかんだで仕事好きだね

赤木蓮

この街は過ごした日々も思い出も
一夜で消える俺を残して

優希刃

あぁ姫よコロナの中でも会いに来てよ
たくさんの愛を注ぎに来てよ

ディラン

ちょっくら歌会

この歌は　誰への気持ちうたったの？　フィクションフィクション、全部フィクション
朋夜

シャンパンをおろして今夜はワンマンショー　みたいな雑な韻踏んでみる
江川冬依

小鳥とも鈴とも違う私たち　飛べず鳴らぬが言葉選べる
亜樹

おもしろきこともなき世をおもしろく　すみなすものはホストなりけり
亜樹

母の連絡

頑張ってる？　早朝6時　音が鳴る　母の連絡　既読つけれず

ふるさとに帰りたいけど帰れない
　コロナのせいにしてるけれども

大崎愛海

気付いたら、周りはみんな家族持ち。
　言われてみたい「おかえりなさい」

七咲葵

姫の愛情、僕の夢

コロナでも会いたいんだもん　まじぴえん
担当いなけりゃ生きる意味ない

大貴

電話越し「どこ行ってたの？」と詰める声
Next Stage　ＧｏＴｏトラブル

宮野真守

「好き」という言葉は酔った時にしか
言わない意図を　君は知らない

宮野真守

つぎ逢える保証がないから逢いに行く
君が思い出になるその前に

宮野真守

同伴し少し高めの検温が
いろんな気持ち　混ざる入口

瑠璃

蜜の味　湿った香り陽の光　君の横顔　狂う本能

SHUN

歩くキミ　となり同業　暗黙のルールを守りただすれ違う

愛乃シゲル

毛蟹です話すとバレるタラバガニ
食べてもバレるぼくタラバガニ

昼職も風もキャバP活女子も
みんなちがってみんないい

SHUN

ホス狂の「当欠しちゃった♡」よく聞くが
ホス狂垢も凍結しがち

＊ホス狂＝ホストやホスト遊びにハマっているお客様。
＊当欠＝当日連絡の欠席。

いつだって涙の数だけ強くなる
たしかによく泣く彼女は強い

ヘルプ着きタバコを吸ってまたヘルプ
お茶の日はまぁこんな感じよ？

亜樹

「来てほしい」「行きたくない」の押し問答
攻め方変えて「一緒に行こう」

亜樹

マスク越し　笑顔の奥に隠された
貴方の仮面を剥がしてみたい

天草銀

「人妻よ」そう言う君は3杯目　グラス空くのが遅いのなんで？

大崎愛海

汗垂らし崩れた化粧顔真っ赤
けど急いだきみが愛おしいんだ

武尊

負けたくない悔しい気持ちが原動力
女のプライド舐めないでよね

一春

友達と飲みに行くのは日常で
俺に会うのは非日常か

速水和也

いかないで　そんな素直に言えなくて
置かれたたばこにあなたの面影

武尊

ドンペリに君が興味をもったから
なんにも言わずもってきたよね

SHUN

掛けでいい？　いや、よくはないけれどもさ
ダメって言えば不機嫌になる

赤木蓮

近すぎる君のアピール嬉しいが
感じているのは遠くの殺気

天草銀

口喧嘩　お店ですると高くつく　君の味方はここにはいない

愛乃シゲル

二日酔い起きたくないと駄々こねる
とりあえずまずタバコをふかす

ぎらぎらのアクセサリーを身につける
必要はない俺がそのもの

春風朝陽

恋の時間差

酒鬱は記憶なくしたからじゃない
やらかしたこと覚えてるから

朋夜

やっちゃったこの子の名前違う子だ
グラスも一緒に汗かいちゃって

天翔

気にしない日本の総理変わっても
気になることは二郎の時間

愛乃シゲル

シャンパンだタワーだ祭りだわっしょいしょい
連絡来ねぇな　はい俺自腹

愛寿

夜の街　キラキラ光るネオン街
ストレス溜めて語りに行こう

ディラン

前借りをしたんだ昨日べロべロで
起きれば脇に期限切れの飯

朋夜

はじめましていやーおかしいでしょ!?逆でしょ!?
気付かなかったんですか？おかしいことに！
海斗

ＩＱＯＳに変わって消えたタバコの火
この子の中で自分もいつか
亜樹

営業後毎回電話くれるから深夜1時を眠らずに待つ

一春

あなたからもう離れたいと言ったから
忘れられなくなったんだろか

武尊

朝起きてコーヒー入れてラインする
姫ちゃんおはようそしておやすみ

「じゃあね」だと
糸が切れるよ「またね」って
優しく言ってよつなぎ止めてよ

手塚マキ

夜の街外から見るか内から見るか

夜の街　感染4割なるほどね
なら6割は昼の街やん

大貴

朝方に虚な目でふと見るダイヤ
俺ら光るの夜だけだったな

武尊

コロナかもだから会わない好きだから
コロナ時代の愛なんてクソ

手塚マキ

夜の街外から見るか内から見るか
正義はどこにもない自分で決めろ

風早涼太

潰れてた　携帯無くした　ミーティング
素直に信じれ三種の神戯

あの夕日落ちたら僕は切り替わる
貴女（キミ）が欲しがる冷たい僕に

SHUN

あの頃は夢にまでみたナンバーワン
オンリーワンは金ではなかった

武尊

君の言う「行きたくない」は
「寂しいの」
だったと気付いた時には遅い

亜樹

明日からそういう仕事するから、ねぇ
お客の前に抱いてお願い

手塚マキ

「これ好き?」が
「これ知ってる?」に変わったね
見つけてきてね　新しい好き

手塚マキ

「あんたのうちよ」

食品の詰まった箱に添えられた
母の手紙は捨てられなくて

斗護

地元ではホストなんてと言われてた
この時期増えた「元気？」のＬＩＮＥ

大崎愛海

メディアから敵視されたの「夜の街」
それでも母はいつも味方で

大崎愛海

アユミリサ　ジュリマナミユキリカサザン
メグカナユリコ　みんな幸せ？

愛乃シゲル

甘かった関係ないと思ってた
ホスト辞めたらマジでモテない

斉藤工

仕事柄老けないように気を付けて
同窓会で浮く若作り

斉藤工

千葉県民　月に一度は帰省する
群馬栃木は親と揉めてる

江川冬依

三十路来て「帰ってこない？」の問いかけに
繰り返すのは否定と肯定

宮野真守

「顔見せて」ビデオ通話をねだる母　老けた笑顔に目頭熱く

宮野真守

君が泣き私が泣いたその先に　現れ出でし代物「ホスト」

ある家族より

忘れぬよう　迷いたたずむ三叉路に
ここへと帰る道のあること

宮野真守・母

母親の呼び方すらも忘れてる
「お邪魔します」と靴を揃える

手塚マキ

シワ顔で無理に笑って　目頭を
抑えて笑って
「あんたのうちよ」

手塚マキ

座談会

「コロナ禍どまんなかだからこそ、Ｚｏｏｍ歌会を続けた」

編者＝俵万智／野口あや子／小佐野彈
＆スマッパ！グループ会長・手塚マキ

編集部　二〇二〇年七月六日、コロナ禍の最中に『ホスト万葉集』が刊行されました。「『この味がいいね』と君が言ったから七月六日はサラダ記念日」（俵万智さん『サラダ記念日』より）にあやかって、発売日を決めました。

新型コロナウィルス禍により、四月に「緊急事態宣言」が発令され、「夜の街」という言葉でくくられた歌舞伎町などの歓楽街は、「不要不急」という壁の前に、営業自粛に追いやられました。切迫感が相当あったなかで発売したわけですが、「素顔のホスト万葉集」（朝日新聞・八月十三日夕刊見出し）という受け止めをしていただくなど、思いのほかの反響で、ネットメディア、SNS、新聞・テレビ・ラジオと、さまざまなメディアに取り上げられました。

まずは編者のみなさんに、前作『ホスト万葉集』の反響をどう受け止めているのかをうかがいます。

野口あや子　自分が関わった本で、これほどメディアに取り上げられた本はなかったです。

書店では歌集のコーナーから飛び出し、一般書の売り場に平積みされて、驚き、うれしかったです。

本の編成で章立てを組んでいく中で、ホストと姫（上得意客）の関係性だけじゃなく、ホストが仕事前や仕事後に何を思っているのかとか、先輩後輩の関係を読みとれたり、「仕事の歌」として共感できるな、と思っています。またちょっと恋愛下手な一読者としては、こういう言葉の掛け合いが、男女の距離を縮めるときには有効なのねって、教科書としても楽しめるんじゃないかと思います。このきらきらぎらぎらした写真の表紙が出来上がったときの喜びも印象的でした。短歌の本で、これだけ「欲望」が全面に出ている歌集は、ほかにないです（笑）。友人が名古屋の丸善で『鬼滅の刃』とＰｅｒｆｕｍｅの写真集の間に挟まれて置かれている『ホスト万葉集』の写メを送ってくれました。既存の短歌の読者以外にも届いたという点では、『サラダ記念日』や『チョコレート革命』といった、俵さんの歌集と同じとまでは言えなくとも、エポックメイキングだと思います。

小佐野彈　ぼくの周りで一番感想を寄せてくれたのは、「歌壇」内の人たちじゃなくて、普段は歌に触れることのない人からだった。ぼくが滞在している台湾の

俵万智

書店でも、『ホスト万葉集』を取り扱ってくれていて、こちらに駐在している
サラリーマンの人とかが読んでくれて、「ホストってこんなこと考えているん
だね」とか、いろいろ想像を巡らせて読んでくれています。

当初は、七月のタイミングでこの本を出すのはどうだろう、という不安があり
ました。でも結果的にベストタイミングでしたね。「夜の街」とくくられた歌
舞伎町で、ホストたち一人ひとりが表情をもって生きている、ということを示
すことができたという意味でも、『ホスト万葉集』を出してよかった。社会的
な関心の面でも応えられたというのが、大きな反響の要因だったと思います。

あや子さんが「仕事の歌」とおっしゃっていましたが、月刊の短歌結社誌「短
歌人」十月号の時評で勺禰子（しゃくねこ）さんが「職場詠『ホスト短歌』の可能性」という
タイトルで文章を書いてくださいました。前回、『ホスト万葉集』の巻末の座
談会でわたしたちが「元祖チャラ男」とか「光源氏」という言葉で恋愛として
のホスト短歌を主に語り合ったけれど、この本の意義は、もうひとつ、ホスト
という「職業詠」（仕事についての短歌）にあるのだ、という指摘で、なるほどと
思いました。

『ホスト万葉集』は、高橋源一郎さん、辻仁成さんといった文学を専門にしている方々も取り上げてくださいました。すごい読書家の青年とか、この本のおかげで、いろいろな人と出会えたし、ただの出版ではなく、みんなで体験したという感じがあります。

小佐野　ぼくは専門歌人としてやっていくなかで、ついつい肩に力が入っていたことに気づきました。自分の歌への姿勢を見直すきっかけになってくれました。ぼくはコロナで台湾から帰国することができず、精神的にも参っていたんですが、この時期に『ホスト万葉集』を改めて読んで、歌って日常のため息みたいなものや、ふと思ったことを詠えばいいんだ、ということに気づかされました。歌の立ち位置や在り方が見えなくなったところがあって、自分自身が歌に対して作為があったんですが、この本はぼく自身を救ってくれました。

俵　小佐野彈さん命名の『ホスト万葉集』というタイトル、素晴らしかったね。

編集部　手塚さん、作り手として、どう思ってますか。

手塚マキ　一つ言えることは……ぼく、従業員たちをナメてましたね（笑）。意外にみんなちゃんと考えてることが、短歌を読んで初めてわかりました。本がメディアで一人歩きして、いろんな人に歌を解釈してもらったり喜ばれたり。ホストたちが、ポッと思い浮かんで書いただけじゃないってことがわかって、ぼくも嬉しかったです。親からホメられたり、地元の友だちから高評価だったりして、なんだか実感が出てきて、彼らにいい影響を与えていると思います。これ、うちの会社の中で「親戚のおじさん方式」って呼んでるんですけど、直接ぼくが言っても聞かないけれど、回り回って誰かから言われたり、誉められたりすると励みになるんですよ。

普段、仕事と関係ないことをやらせるとみんな嫌がるんだけど、短歌は嫌がらずにやってくれたんですよ。今後、彼らがどれだけ短歌にハマるかわからないけど、趣味や生活の一部になってくれたら……そう考えると本を出して良かったなって思います。

編集部

『ホスト万葉集』を取り上げてくださった皆さんの、いいと思う歌がそれぞれ違うのが意外でした。もちろん、マキさんの歌には、編者の皆さんが認める名歌がたくさんあるのは共通認識だったのですが、たとえば令和さん作「楽しいな　パリピピリピリ　ピッピピリピ　昨日の記憶一切ねぇわ」がSNSで、手塚　11万以上の「いいね！」がついて、本の売り上げランキングも、総合29位までハネたじゃないですか。あの時、手塚さんと電話で「あの歌がハネるとは!?」と、驚き合ったけど、テレビの情報番組でも、「パリピが一番好き」って言っていたコメンテーターさんがいました。「パリピ」がツイッターでバズって、「あれでいいのか」って、彼らにとって楽になりましたね。

編集部　いっぽうで、高橋源一郎さんが、NHKラジオ（高橋源一郎の飛ぶ教室）で、光源氏を引き合いに出して取り上げてくださった歌、宮藤官九郎さんがラジオで取り上げてくださった歌、それぞれみんな違うんです。

俵　画一的ではないことが、この歌集の豊かさだと思います。どの歌を選ぶかによって、その人の心や今の状況がうらなえる。

手塚　取材で一番反響があったのが、武尊の「千円を前借りにして口にするおにぎり一個の我の悔しさ」です。ホストってもっと華やかなんじゃないですかって。一番ギャップがあったのかもしれないですね。

小佐野　俵さんの『サラダ記念日』もそうですけど、『ホスト万葉集』には、歌ってこんなに自由なんだと多くの読者が感じたんじゃないでしょうか。実際、歌壇の中に入って専業歌人として活動すると細かいこと、技術的なことに囚われてしまうけれど、最初に短歌と出会ったときに感じた「自由さ」を思い出させてくれました。普段何気なく話している言葉が、そのまま文学、詩、作品になっていくんですね。

野口　ホスト短歌に出てくる、「マジ卍」「ぴえん」「酒しか勝たん」とか、そういう言葉を歌に生かそうなんて、歌人としては一ミリも考えたことがありませんでした。短歌には、千年残る言葉があると同時に生ものとして、アメーバ状に残る言葉がある、ということを教えてもらいました。

コロナ禍どまんなかの七月Ｚｏｏｍ歌会（七月十六日、七月二十三日）

編集部　『ホスト万葉集』（ここからは、通称の『巻の一』と呼びます）の発売からこれまで、Ｚｏｏｍで七月十六日、七月二十三日、八月二十一日、九月十七日、十月十六日と、五回、歌会を開催しました（座談会の翌週十一月十九日に六回目の歌会を開催）。編者の俵万智さんは宮崎から、野口あや子さんは名古屋から、小佐野彈さんは台湾から、スマッパ！グループの手塚マキさんとホストたちは、東京から参加しています。本日の対談も同様です。

歌会の手順（例・十月十六日の場合）

- 16時にホストはZoomで集合して歌を作る。Zoom歌会に参加せず投歌のみも可。事前に作っておくのも可。接続は、自宅から、電車の中から、店からなどそれぞれの都合で様々。歌ができたらLINEで投歌、事務所担当者が通し番号をつけ、作者名は伏せてスライドで画面表示。
- 17時に選者がZoomに接続して集合。選者とホストが、よいと思う歌に投票する（一人3票・十月の歌会は投歌多数のため選者は5票とした）。
- 17時30分から、得点上位の歌を全員で論評。投票者が、投票理由、どこがよかったか、どう感じたかなど、感想・解釈を述べ合う。
- ホストは仕事で順次抜け、20時30分選者解散（通常は19時30分頃の解散）。

ここからはこれまで開催した歌会を振り返って、エピソードや、印象に残った歌について語り合ってみようと思います。

手塚　七月六日に『巻の一』が出版された十日後から、たて続けに二回、歌会をやった。歌舞伎町が「夜の街」と括られて、非難の対象になっていて、厳しい時期だった。

俵　みんな落ち込んでるかと思ったら、楽しそうでしたね。とくに十六日は、涼太（APiTZ 総支配人・風早涼太）がすごく騒いで盛り上げてました。わたしがこの歌会で印象に残っているのが、次の二作。コロナ禍ど真ん中の時期だからこそ出てきた歌でしたよね。

「お前からうつされたならしょうがねえ」器でけーな〟風早涼太〟（大貴）

保健所と電話してたよさっきまで魚が好きないい人だった（天翔）

手塚　あの時期は大変でしたよね。たとえば保健所は陽性者の過去二週間におよぶ行動履歴を確認します。いつ、誰と、どこで接触したか、濃厚接触者を探すんです。「陽性」と判明したら、毎日、保健所に体調の報告をしなければならない。だから保健所が大混乱だったんです。うちのグループ店でもコロナ陽性者が数人出ました。みんな熱がなくて、味覚、臭覚に異常があったけれど、熱もないし、体調は普通だった。でも、彼らを外に出さずに拘束しなければならなかった。だから歌会はありがたかった。歌会をやれば、そのときは家に拘束できるじゃないですか。

小佐野　『巻の一』の座談会で、マキさんが「ホストの世界は猿山だ」とおっしゃっていましたね。マキさんという一人の超ハイパーボス猿が、鶴の一声ならぬボス猿の一声で、ホスト界全体の統制がとれちゃうんですよ。そういう確たるホストのヒエラルキーがあるからこそ、若いホストたちがちゃんとマキさんの言うことを聞くんですね。ある意味、その猿山社会のシステムがクラスター防止に役立ってたんじゃないですか。

手塚　それはうちに限ったことじゃなく、ホスト業界全般に言えることだと思います。

編集部　ちなみに、七月十六日の歌会で一位だったのが、

どの街も夕日沈めば夜の街　それならいっそのことコロナ街　（七咲葵）

でした。二位は、

酒飲んで初めて見せるその素顔　マスクの下はアタリかハズレか　（大貴）

この頃はマスクの歌が多かったですね。その他にも印象的な歌がありました。

あなたからうつったんなら別にいい　むしろシェアしてなんかエロくね　（大貴）

夜の街外から見るか内から見るか　正義はどこにもない自分で決めろ　（風早涼太）

小佐野　本当はみんな不安だったと思うんです。全体的に若干強がっている歌が多かったけれど、逆に言えば不安の表れだったんだろうと思います。

出かけたい出かけられないコンチキショー　そういえば誕生日だね百合子おめ　（天翔）

この歌なんか、小池都知事の名前の出し方がうまい。あの頃、毎日のように記者会見でフリップを見せながら、「夜の街」と連呼していた小池さんに「百合子おめ」って言うの。チャカしているだけではなく、すべての女性を「姫」として接するというホスト魂を感じた（笑）。

俵　大貴くんの「お前からうつされたならしょうがねえ」も、ふざけているようで、人間の普遍的な感情に触れていると思います。保育園や学校で自分の子供がインフルエンザをうつされると、子供同士、親同士に信頼関係があるときは「しょうがないよね」となるけど、そうでもないところからうつされると、心が狭くなる（笑）。

コロナって無症状の人からも感染するから、まるでだれが鬼かわからない鬼ごっこをしているような感じになる。だからこそ信頼関係がないと疑心暗鬼になっちゃう。「お前からうつされたならしょうがねえ」ってなかなか言えない。

小佐野　ホモソーシャルな感じというか、男同士の絆が全面に出ていますね。あの時ぼくは「ちょっとBL的に萌えました」ってコメントしました。阻害されている者同士の連帯ってありますよね。ぼくたちセクシャルマイノリティーにも共通するものがあります。それをぼくは『メタリック』（短歌研究社）で「鬼」と表現しました。「夜の街」という言葉でくくられ社会的疎外に置かれ、『泣いた赤鬼』のように一般社会と隔絶された存在が「鬼」で、彼らホストの声は「鬼の声」なんです。ぼくは鬼の立場から歌った歌が好きです。七月の歌会は疎外されているサイドから見た社会詠として、一つの貴重な記録になったと思います。

手塚　あの歌会の時、実際みんなネガティブになってたし、落ち込んでいたし不安だった。そんな空気を読み取って涼太は率先して楽しんでやってくれた。それに乗って一緒に楽しんでくれた仲間たちがいて。歌会やってよかった、すごく価値があったと思います。歌舞伎町ってやっぱり一般社会から断絶された閉鎖的な社会なんです。多くのホストたちは「おれたちには関係ねーよ」って酒飲んじゃったり、影口たたいたり。でも歌会をやることで少しでも社会に足跡を残せるという貴重な機会でした。

編集部　七月は、十六日と二十三日、二週連続で歌会をしました。二日で集まった歌は九十首くらい。歌数は多くなかったけど、いい歌がたくさんありました。あとから振り返って、「あの時はこうだった」という歌を作るんじゃない、先がどうなるか見えない中だから作れる歌が、たしかにあった。

俵　二十三日でわたしがすごく印象的だったのは、次の歌。

この歌は誰への気持ちうたったの？　フィクションフィクションフィクション、全部フィクション　（朋夜）

『ホスト万葉集』を読み、姫（お客様）たちが、「これは誰のことなの？　わたしのことなの？」とホストが問い詰められている場面の歌ですね。すごくリアルだと思いました。

野口 このあたりから、武尊くんの歌が変化してきました。

何使おう最初の「帯給」空に舞う　来月稼ごうあれまたこれか（武尊）

俺なのかおれ以外なのか　言えるのは売れるが先か熟れるのが先か（武尊）

あの頃は夢にまでみたナンバーワン　オンリーワンは金ではなかった（武尊）

「帯給」って銀行の百万円の「帯封」が巻かれた月給だって、初めて知りました。千円前借りしておにぎりを買っていた、あの武尊くんが……。現代ホスト界の帝王と称されるROLAND（ローランド）の名言「俺か、俺以外か。」を引用したり。武尊くんの変貌を見た気がしました。

俵 オンリーワンは金ではなかったというのは、稼いで初めて言える言葉ですよね（笑）。

編集部 この日の歌会で一位だったのは手塚マキさん作。

コロナかもだから会わない好きだから　コロナ時代の愛なんてクソ（手塚マキ）

メディアで大反響、でも地道にZoom歌会（八月二十一日、九月十七日）

編集部　『ホスト万葉集』は、発売してすぐに、ネットメディアがたくさん取り上げてくれました。注目度が一気に上がったのが、朝日新聞が夕刊の一面トップで大きく「素顔のホスト万葉集」という記事で取り上げてくれたこと。さらに、さっきも話が出た「パリピピリピリピッピピリピ」が、「さっきから笑い転げている味わい深過ぎる」とツイートされて一気にバズったのも八月。八月二十一日の歌会は、ＮＨＫの「クローズアップ現代＋」によるマキさんの密着取材が入りました。歌は百十五首集まりました。

　　同伴し少し高めの検温が　いろんな気持ち　混ざる入口　　（瑠璃）

俵　この歌が番組で紹介されていました。いい歌だよね。

　　つぎ逢える保証がないから逢いに行く　君が思い出になるその前に　　（宮野真守）

小佐野　これはスピッツのシングル曲『君が思い出になる前に』の引用でしたね。

俵　真守くんが「お店辞めるかもしれない」という話を女の子にしたら、もう二度と逢えなくなるかもって、その子が泣いちゃったというエピソードを聞き、胸がいっぱいになりました。

手塚　真守は早い段階からコロナに対してセンシティブでした。三月から店には出勤してなかったんですよ。給料は必要だから一ヵ月ぐらい倉庫のかたづけとか事務所の雑用をやってました。

小佐野　この歌会で特筆すべきことは、お客様からの返歌があったことです。歌が届いて、返ってくるなんて、まさに平安の和歌が現代に。

歌舞伎町無縁の街のはずでした去年の夏に君に会うまで

（お客様より・文庫未収録）

俵　すごく整った歌で、お見事です！

手塚　ところでいまだからうかがうんですが、この日の歌会で選者のみなさんは、YOUの歌を高評価してくださってるんですよ。これ、ほんとによかったですか？

夢を見た貴方と飲んだその夜に　また逢いに行く夢を見ました　（YOU）

俵　静かな情熱が伝わってきて大好き！　口調も内容と合ってるし。

小佐野　リフレインの使い方もうまい。

手塚　実は、ぼくがさっき従業員のことナメてたって言った代表は、このYOUなんです。普段、ほんとにバカなことしか言わないんですよ。でも実は一生懸命考えているんだな。この歌も、テキトーに出したんじゃないと思うんですよ。ちゃんと短歌のこと考えてるんでしょうね。

小佐野　一生懸命考えて、というのではなくポンと出てきた歌なんじゃないかな。この歌は、お客様の目線から詠んだんじゃないか？　って話になりましたね。

野口　同じ歌でも、ホストの目線か、姫の目線か、どちらで読むかで、違って読めてくるんですよね。

俵　インタビューでマキさんが答えていたんですけど、彼ら一人ひとりから三十分、一時間と話を聞いても出て来ないような言葉が、短歌一首で見えてくると。歌はそういうものですよね。雑談を一時間しても出て来ない心の芯がふと宿ることがあります。

編集部　『ホスト万葉集』の魅力のひとつである「パリピ系」の歌では、

毛蟹ですと話すとバレるタラバガニ食べてもバレるぼくタラバガニ　（SHUN）

この歌には野口さん、◎つけていますね。ぼくはまったく意味がわからない（笑）。

野口　毛蟹とタラバガニの違いを自分に託してると読みました。

小佐野　タラバガニはヤドカリの仲間で足が六本、毛蟹は足が八本ある蟹なんですよ。

編集部　SHUNくんは知っててこの歌をつくったのかな？

手塚　多分そうですね。彼はホストやりながら、系列の寿司店で、握ってるんですよ。

編集部　翌月の九月十七日の歌会では百十一首投稿されました。お母さんの歌から始まったのが印象的でした。

頑張ってる？　早朝6時　音が鳴る　母の連絡　既読つけれず

小佐野　歌舞伎町にいることをお母さんに言っているのかどうかわからないけど、自分が今、世の中で「夜の街」と呼ばれるところにいる気まずさみたいなものが現れて、いい歌でしたよね。

君の言う「行きたくない」は「寂しいの」だったと気付いた時には遅い　（亜樹）

小佐野　亜樹くんは飛び抜けてぐいぐい上手になってきましたよね。

朝起きてコーヒー入れてラインする姫ちゃんおはようそしておやすみ

俵　この歌も余計なものが一切入っていなくて感情の機微を表している。技術的に、非常に上がってます。

手塚　歌会全体にかかわる話ですが、ぼくらは歌会で、短歌の良さの「核心」を教わってるんだな、と思っています。編者のみなさんは、テクニカルな指導というのではなく、この歌はここがいい、面白いとかで盛り上がる。ぼくなんか、何がいいんだろうって答えを理屈で考えちゃう。ぼくたちはみなさんから、短歌の楽しみ方を教わった気がします。極上の教育を受けてるんだなと思います。指名とか亜樹とかは、地味にずっと歌会に残ってるんです。ほかの子たちは出勤時間になるとＺｏｏｍから抜けちゃうんだけど、最後まで残って編者の皆さんの話を聞いているヤツらが、次にいい歌を出しているような気がします。

俵　テクニカルな助言は、その一首はよくなるけれど、次の一首には効かないんです。だからマキさんがおっしゃったように、本質的なこと、歌とどう向き合うかを耕すほうが、結果的に次にいい歌がつくれるんじゃないかな。

これまで何回か言ったことですが、この歌会ってみんなで投票するじゃないですか。いい歌にちゃんと票があつまるんですよね。それはすばらしいことだと思います。歌を詠むだけじゃなく、お互いの作品を読む力もみなさん身につけている。つくるほうにもいい影響を及ぼしているし、まさにそれこそが歌会の醍醐味だと思います。

一回の歌回に、百九十六首の投稿（十月十六日歌会）

編集部　十月十六日には、高橋源一郎さんがＮＨＫラジオ「高橋源一郎の飛ぶ教室」でたっぷり紹介してくださったんですが、ちょうど生放送のその日に歌会をやることが決まっていたので、ＮＨＫまでの移動中、ｉＰａｄで見学されました。この日はこれまでで最多の百九十六首が集まりました。いい歌が多くて、選者の◎がついた歌がすごく多いですね。

この街は過ごした日々も思い出も一夜で消える俺を残して　（優希刃）

営業後毎回連絡くれるから深夜一時を眠らずに待つ　（一春）

負けたくない悔しい気持ちが原動力　女のプライド舐めないでよね（一春）

ぼく個人的に面白かったのは、

甘かった関係ないと思ってたホスト辞めたらマジでモテない（斉藤工）

ホストやってるとモテて、ホスト辞めるともてないらしい。なるほど（笑）。

仕事柄老けないように気を付けて同窓会で浮く若作り（斉藤工）

手塚　ぼくは歌会のときにこの歌に、一票入れました。ぼくもこの経験あります。若いねーなんて言われて、なんか腹立つ。

俵　職業詠とはちょっと違うかもしれないけど、ホストあるあるが出てきました。

もう二時だぜんぜん出ないな五七五　胃の中まだまだこんなに出るのに（縁）

編集部　この会は、おバカな歌からけっこうグッとくる歌までいろいろありました。オレオレ系の歌もあったし。

ぎらぎらのアクセサリーを身につける必要はない俺がそのもの（春風朝陽）

小佐野　俵さんの『チョコレート革命』のあとがきに、「短歌とは出来事を記す日記ではなく、心を届ける手紙でありたい」という一文は、ぼくの作家としての信条

編集部 としています。みんな歌の性質を分かってきている感じがしますよね。俵さんはマキさんの歌に三つ◎を付けています。この三作は大人のロマンチック路線ですね。

「これ好き？」が「これ知ってる？」に変わったね見つけてきてね新しい好き　（手塚マキ）

明日からそういう仕事するから、ねぇお客の前に抱いてお願い　（手塚マキ）

「じゃあね」だと糸が切れるよ「またね」って優しく言ってつなぎ止めてよ　（手塚マキ）

俵 会話の中から見えるドラマがものすごく的確で、どれも大好きですね。

手塚 むかし女性から言われた言葉を必死に思い出して作ってます。

編集部 古典を下敷きにしたり、だんだんみんな勉強の成果が現れてきた。

おもしろきこともなき世をおもしろく　すみなすものはホストなりけり　（亜樹）

俵 これは高杉晋作の「おもしろきこともなき世をおもしろくすみなすものは心なりけり」を下敷きにしています。昔の歌を踏まえたり、けっこうみんなチャレンジャーなんだよね。

小鳥とも鈴とも違う私たち　飛べず鳴らぬが言葉選べる　（亜樹）

小佐野　この歌は金子みすゞさんの「私と小鳥と鈴と」を下敷きにしています。

編集部　本日の対談、どうもありがとうございました。それではまた来週が歌会ですね、いつものように、Ｚｏｏｍの画面でお会いしましょう。

（二〇二〇年十一月十二日・Ｚｏｏｍにて）

『ホスト万葉集(通称・巻の一)』は、二〇一八年七月二九日から二〇二〇年五月二二日までに開いた「ホスト歌会」で作られた約九〇〇首から二九五首を収録。第一回の歌会は、歌舞伎町で営業していた「LOVE」がテーマの書店『歌舞伎町ブックセンター』(現在休業中)で開いた、歌集『メタリック』(小佐野彈)の発売記念イベントでした。それ以降、ほぼ月一回のペースで開店前の店舗や事務所で歌会を開きました。二〇二〇年四月に、新型コロナウィルスの流行拡大により初の「緊急事態宣言」が発出され、営業自粛を余儀なくされながらも、オンライン会議ツールZoomで歌会を続けました。

その後も月一回のZoom歌会は定例化し、二〇二〇年七月一六日から十一月十九日までに約六〇〇首が創作され、そのうち三七五首を収録して、『ホスト万葉集 巻の二』を刊行しました。

この『ホスト万葉集 文庫スペシャル』は、『巻の一』と『巻の二』に収録された短歌から二三二首を収録しました。

作者名がない作品は、退店者の作です。

Zoom歌会は、この文庫版刊行の二〇二二年七月十五日の時点でも、月一回、開いています。

書籍未収録の短歌は、一〇〇〇首を優に超えています。

編者プロフィール

俵 万智（たわら・まち）

1962年大阪生まれ。280万部という現代短歌では最大のベストセラーとなった歌集『サラダ記念日』の著者。同歌集で現代歌人協会賞を受賞。日常で使われる「口語」を用いて、短歌という詩型の幅を大きく広げた。ほかの歌集に『かぜのてのひら』、『チョコレート革命』、『プーさんの鼻』（若山牧水賞）、『オレがマリオ』などがある。近著『牧水の恋』で宮日出版大賞特別賞受賞。読売歌壇選者も務める。最新歌集『未来のサイズ』（角川書店）で迢空賞・詩歌文学館賞受賞。2021年度朝日賞受賞。

野口あや子（のぐち・あやこ）

1987年岐阜県生まれ。短歌新人の登竜門「短歌研究新人賞」を、寺山修司以来の十代で受賞。2010年に第一歌集『くびすじの欠片』で現代歌人協会賞を受賞し、最年少記録を作った。ほかの歌集に『夏にふれる』、『かなしき玩具譚』、『眠れる海』がある。人工知能歌人（AI歌人）への短歌アドバイザーなど活動の幅を広げ、2019年、短編小説「ジュリアナ様」が「小説新潮」に掲載され、小説家デビュー。笹井宏之賞選考委員。オンラインレクチャー「野口と短歌ラリー」を開催中。

小佐野彈（おさの・だん）

1983年東京生まれ。1990年、慶應義塾幼稚舎に入学し博士課程に至るまで慶應義塾に学ぶ。台湾に在住し抹茶カフェチェーンを経営。同性愛者であることを公表している。2017年短歌研究新人賞を受賞。2019年に第一歌集『メタリック』で現代歌人協会賞を受賞。2019年、新たな表現者を顕彰する「（池田晶子記念）わたくし、つまりNobody賞」受賞。また、2019年、中篇小説『車軸』で小説家デビュー。小説に「したたる落果」（文學界 2021年1月号掲載）、『僕は失くした恋しか歌えない』。最新歌集は『銀河一族』。

作者紹介

手塚マキとホストfrom Smappa! Group

手塚マキ
（てづか・まき）

1977年、埼玉県生まれ。96年から歌舞伎町で働き始め、ナンバーワンホストを経て、26歳で起業。現在は歌舞伎町でホストクラブ、BAR、飲食店、美容室など二十数軒を構える「Smappa! Group」会長。歌舞伎町商店街振興組合常任理事。NPO法人グリーンバード理事。JSA認定ソムリエ。ホストのボランティア団体「夜鳥の界」を仲間と立ち上げ、深夜の街頭清掃活動をおこなう。コロナ禍において、行政と歌舞伎町事業者を繋ぎ、官民一体の繁華街コロナ対策連絡会（新宿モデル）を立ち上げた。近著に『裏・読書』、最新著書は『新宿・歌舞伎町　人はなぜ〈夜の街〉を求めるのか』（幻冬舎新書）。手塚氏の音頭取りのもと、『ホスト万葉集』（第一巻）発売以降も、Smappa! Groupの在籍ホストたちは短歌を作り続けている。コロナ禍で営業自粛中も自粛が明けてからも、月に一回のペースでZoomで歌会を続けている。選者の俵万智氏・野口あや子氏・小佐野彈氏は、ほぼフル参加。作歌の技術はさらに向上。歌会はNHK総合「クローズアップ現代＋」などでも紹介された。　　（公式サイト https://www.smappa.net）

江川冬依

ゆきや

SHUN

天弥秋夜

朋夜

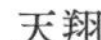

天翔

亜樹

青葉

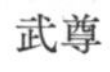
武尊

Nari

怜耶

NARUSE

誠豪

流々

栗原

斗護

七咲葵

宮野真守

MUSASHI

縁

芝

青山礼満

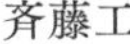

斉藤工

速水和也

鳳堂義人

純一

令和

藍之助

大貴

菅田賢斗

佑哉

大崎愛海

一護

達也

愛乃シゲル

鳳華麗

YOU

赤木蓮

明星ハク

心

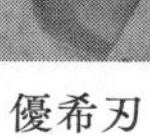
優希刃

雫

瑠璃

ディラン

天草銀

一春

愛寿

春風朝陽

海斗

この文庫版は、単行本『ホスト万葉集 嘘の夢 嘘の関係 嘘の酒 こんな源氏名サヨナライツカ』(通称巻の一・二〇二〇年七月六日刊)と、『ホスト万葉集 巻の二 コロナかもだから会わない好きだから コロナ時代の愛なんて クソ』(二〇二〇年十二月二十四日刊)に収録された短歌から、232首をベストセレクションとして収録したものです。

|著者| 手塚マキ　1977年、埼玉県生まれ。'96年から歌舞伎町で働き始め、ナンバーワンホストを経て、26歳で起業。現在は歌舞伎町でホストクラブ、BAR、飲食店、美容室など二十数軒を構える「Smappa! Group」会長。歌舞伎町商店街振興組合常任理事。NPO法人グリーンバード理事。JSA認定ソムリエ。ホストのボランティア団体「夜鳥の界」を仲間と立ち上げ、深夜の街頭清掃活動をおこなう。'17年歌舞伎町初の書店「歌舞伎町ブックセンター」をオープンし、話題に。'18年には接客業で培ったおもてなし精神を軸に介護事業もスタート。著書に、『裏・読書』『新宿・歌舞伎町　人はなぜ〈夜の街〉を求めるのか』などがある。

ホスト万葉集　文庫スペシャル

手塚マキと歌舞伎町ホスト80人from Smappa! Group 著
俵 万智・野口あや子・小佐野 彈 編

講談社文庫

定価はカバーに表示してあります

2022年7月15日第1刷発行

発行者――鈴木章一
発行所――株式会社　講談社
東京都文京区音羽2-12-21　〒112-8001
電話　出版（03）5395-3510
販売（03）5395-5817
業務（03）5395-3615

Printed in Japan

デザイン―菊地信義
本文データ制作―講談社デジタル製作
印刷―――株式会社KPSプロダクツ
製本―――株式会社国宝社

ISBN978-4-06-528266-3

講談社文庫刊行の辞

二十一世紀の到来を目睫に望みながら、われわれはいま、人類史上かつて例を見ない巨大な転換期をむかえようとしている。

世界も、日本も、激動の予兆に対する期待とおののきを内に蔵して、未知の時代に歩み入ろうとしている。このときにあたり、創業の人野間清治の「ナショナル・エデュケイター」への志を現代に甦らせようと意図して、われわれはここに古今の文芸作品はいうまでもなく、ひろく人文・社会・自然の諸科学から東西の名著を網羅する、新しい綜合文庫の発刊を決意した。

激動の転換期はまた断絶の時代である。われわれは戦後二十五年間の出版文化のありかたへの深い反省をこめて、この断絶の時代にあえて人間的な持続を求めようとする。いたずらに浮薄な商業主義のあだ花を追い求めることなく、長期にわたって良書に生命をあたえようとつとめるところにしか、今後の出版文化の真の繁栄はあり得ないと信じるからである。

同時にわれわれはこの綜合文庫の刊行を通じて、人文・社会・自然の諸科学が、結局人間の学にほかならないことを立証しようと願っている。かつて知識とは、「汝自身を知る」ことにつきていた。現代社会の瑣末な情報の氾濫のなかから、力強い知識の源泉を掘り起し、技術文明のただなかに、生きた人間の姿を復活させること。それこそわれわれの切なる希求である。

われわれは権威に盲従せず、俗流に媚びることなく、渾然一体となって日本の「草の根」をかたちづくる若く新しい世代の人々に、心をこめてこの新しい綜合文庫をおくり届けたい。それは知識の泉であるとともに感受性のふるさとであり、もっとも有機的に組織され、社会に開かれた万人のための大学をめざしている。大方の支援と協力を衷心より切望してやまない。

一九七一年七月

野間省一

講談社文庫　目録

芥川龍之介　藪　の　中
有吉佐和子　新装版 和宮様御留
阿刀田　高　ナ ポ レ オ ン 狂
阿刀田　高　新装版 ブラック・ジョーク大全
安房直子　春　の　窓〈安房直子ファンタジー〉
相沢忠洋　「岩宿」の発見〈幻の旧石器を求めて〉
赤川次郎　偶像崇拝殺人事件
赤川次郎　人間消失殺人事件
赤川次郎　三姉妹探偵団
赤川次郎　三姉妹探偵団2〈キャンパス篇〉
赤川次郎　三姉妹探偵団3〈珠美・初恋篇〉
赤川次郎　三姉妹探偵団4〈怪奇篇〉
赤川次郎　三姉妹探偵団5〈復讐篇〉
赤川次郎　三姉妹探偵団6〈危機一髪篇〉
赤川次郎　三姉妹探偵団7〈駈け落ち篇〉
赤川次郎　三姉妹探偵団8〈人質篇〉
赤川次郎　三姉妹探偵団9〈青ひげ篇〉
赤川次郎　三姉妹探偵団10〈父恋し篇〉
赤川次郎　死が小径をやってくる〈三姉妹探偵団11〉

赤川次郎　死神のお気に入り〈三姉妹探偵団12〉
赤川次郎　次　女　と　野　獣〈三姉妹探偵団13〉
赤川次郎　心　地　よ　い　悪　夢〈三姉妹探偵団14〉
赤川次郎　ふるえて眠れ、三姉妹〈三姉妹探偵団15〉
赤川次郎　三姉妹、呪いの道行〈三姉妹探偵団16〉
赤川次郎　三姉妹、初めてのおつかい〈三姉妹探偵団17〉
赤川次郎　恋の花咲く三姉妹〈三姉妹探偵団18〉
赤川次郎　月もおぼろに三姉妹〈三姉妹探偵団19〉
赤川次郎　三姉妹、ふしぎな旅日記〈三姉妹探偵団20〉
赤川次郎　三姉妹、清く貧しく美しく〈三姉妹探偵団21〉
赤川次郎　三姉妹と忘れじの面影〈三姉妹探偵団22〉
赤川次郎　三姉妹、舞踏会への招待〈三姉妹探偵団23〉
赤川次郎　三人姉妹殺人事件〈三姉妹探偵団24〉
赤川次郎　三姉妹、さびしい入江の歌〈三姉妹探偵団25〉
赤川次郎　三姉妹、恋と罪の峡谷〈三姉妹探偵団26〉
赤川次郎　静かな町の夕暮に
赤川次郎　キ ネ マ の 天 使〈レンズの奥の殺人者〉
新井素子　グリーン・レクイエム〈新装版〉
安能務 訳　封 神 演 義　全三冊

安西水丸　東 京 美 女 散 歩
綾辻行人　殺 人 方 程 式〈切断された死体の問題〉
綾辻行人　鳴風荘事件 殺人方程式II
綾辻行人　十角館の殺人〈新装改訂版〉
綾辻行人　水車館の殺人〈新装改訂版〉
綾辻行人　迷路館の殺人〈新装改訂版〉
綾辻行人　人形館の殺人〈新装改訂版〉
綾辻行人　時計館の殺人〈新装改訂版〉
綾辻行人　黒猫館の殺人〈新装改訂版〉
綾辻行人　暗黒館の殺人　全四冊
綾辻行人　びっくり館の殺人
綾辻行人　奇面館の殺人 (上)(下)
綾辻行人　どんどん橋、落ちた〈新装改訂版〉
綾辻行人　緋色の囁き〈新装改訂版〉
綾辻行人　暗闇の囁き〈新装改訂版〉
綾辻行人　黄昏の囁き〈新装改訂版〉
綾辻行人ほか　7人の名探偵
我孫子武丸　探 偵 映 画
我孫子武丸　新装版 8 の 殺 人

講談社文庫　目録

あさのあつこ　NO.6beyond〈ナンバーシックス・ビヨンド〉
あさのあつこ　待ってる〈橘屋草子〉
あさのあつこ　さいとう市立さいとう高校野球部 (上)(下)
あさのあつこ　甲子園でエースしちゃいました〈さいとう市立さいとう高校野球部〉
あさのあつこ　おれが先輩？〈さいとう市立さいとう高校野球部〉
阿部夏丸　泣けない魚たち
朝倉かすみ　肝、焼ける
朝倉かすみ　好かれようとしない
朝倉かすみ　ともしびマーケット
朝倉かすみ　感応連鎖
朝倉かすみ　たそがれどきに見つけたもの
朝比奈あすか　憂鬱なハスビーン
朝比奈あすか　あの子が欲しい
天野作市　気高き昼寝
天野作市　みんなの旅行
青柳碧人　浜村渚の計算ノート
青柳碧人　浜村渚の計算ノート 2さつめ〈ふしぎの国の期末テスト〉
青柳碧人　浜村渚の計算ノート 3さつめ〈水色コンパスと恋する幾何学〉
青柳碧人　浜村渚の計算ノート 3と1/2さつめ〈ふえるま島の最終定理〉

青柳碧人　浜村渚の計算ノート 4さつめ〈方程式は歌声に乗って〉
青柳碧人　浜村渚の計算ノート 5さつめ〈鳴くよウグイス、平面上〉
青柳碧人　浜村渚の計算ノート 6さつめ〈パピルスよ、永遠に〉
青柳碧人　浜村渚の計算ノート 7さつめ〈悪魔とポタージュスープ〉
青柳碧人　浜村渚の計算ノート 8さつめ〈虚数じかけの夏みかん〉
青柳碧人　浜村渚の計算ノート 8と2分の1さつめ〈つるかめ家の一族〉
青柳碧人　浜村渚の計算ノート 9さつめ〈恋人たちの必勝法(マーチンゲール)〉
青柳碧人　霊視刑事夕雨子(ゆうこ)1〈誰かがそこにいる〉
青柳碧人　霊視刑事夕雨子2〈雨空の鎮魂歌(レクイエム)〉
朝井まかて　花(はな)競(くら)べ〈向嶋なずな屋繁盛記〉
朝井まかて　ちゃんちゃら
朝井まかて　すかたん
朝井まかて　ぬけまいる
朝井まかて　恋歌
朝井まかて　阿(お)蘭(らん)陀(だ)西(さい)鶴(かく)
朝井まかて　藪(やぶ)医(い)ふらここ堂
朝井まかて　福袋
朝井まかて　草々不一
歩(あゆみ)りえこ　ブラを捨て旅に出よう〈貧乏乙女の"世界一周"旅行記〉

安藤祐介　営業零(ぜろ)課(か)接待班
安藤祐介　被(とりしまりやく)取締役新入社員
安藤祐介　おい！山田〈大翔製菓広報宣伝部〉
安藤祐介　宝くじが当たったら
安藤祐介　一〇〇〇ヘクトパスカル
安藤祐介　テノヒラ幕府株式会社
安藤祐介　本のエンドロール
青木理　絞首刑
麻見和史　石の繭〈警視庁殺人分析班〉
麻見和史　蟻(あり)の階段〈警視庁殺人分析班〉
麻見和史　水晶の鼓動〈警視庁殺人分析班〉
麻見和史　虚空の糸〈警視庁殺人分析班〉
麻見和史　聖者の凶数〈警視庁殺人分析班〉
麻見和史　女神の骨格〈警視庁殺人分析班〉
麻見和史　蝶の力学〈警視庁殺人分析班〉
麻見和史　雨色の仔羊〈警視庁殺人分析班〉
麻見和史　奈落の偶像〈警視庁殺人分析班〉
麻見和史　鷹(たか)の砦(とりで)〈警視庁殺人分析班〉
麻見和史　凪(なぎ)の残響〈警視庁殺人分析班〉

講談社文庫　目録

- 五木寛之　旅の幻燈
- 五木寛之　他力
- 五木寛之　こころの天気図
- 五木寛之　新装版 恋歌
- 五木寛之　百寺巡礼 第一巻 奈良
- 五木寛之　百寺巡礼 第二巻 北陸
- 五木寛之　百寺巡礼 第三巻 京都Ⅰ
- 五木寛之　百寺巡礼 第四巻 滋賀・東海
- 五木寛之　百寺巡礼 第五巻 関東・信州
- 五木寛之　百寺巡礼 第六巻 関西
- 五木寛之　百寺巡礼 第七巻 東北
- 五木寛之　百寺巡礼 第八巻 山陰・山陽
- 五木寛之　百寺巡礼 第九巻 京都Ⅱ
- 五木寛之　百寺巡礼 第十巻 四国・九州
- 五木寛之　海外版 百寺巡礼 インド1
- 五木寛之　海外版 百寺巡礼 インド2
- 五木寛之　海外版 百寺巡礼 朝鮮半島
- 五木寛之　海外版 百寺巡礼 中国
- 五木寛之　海外版 百寺巡礼 ブータン
- 五木寛之　海外版 百寺巡礼 日本・アメリカ
- 五木寛之　青春の門 第七部 挑戦篇
- 五木寛之　青春の門 第八部 風雲篇
- 五木寛之　青春の門 第九部 漂流篇
- 五木寛之　親鸞 青春篇(上)(下)
- 五木寛之　親鸞 激動篇(上)(下)
- 五木寛之　親鸞 完結篇(上)(下)
- 五木寛之　五木寛之の金沢さんぽ
- 五木寛之　海を見ていたジョニー 新装版
- 井上ひさし　モッキンポット師の後始末
- 井上ひさし　ナイン
- 井上ひさし　四千万歩の男 全五冊
- 井上ひさし　四千万歩の男 忠敬の生き方
- 井上ひさし・司馬遼太郎　新装版 国家・宗教・日本人
- 池波正太郎　私の歳月
- 池波正太郎　よい匂いのする一夜
- 池波正太郎　梅安料理ごよみ
- 池波正太郎　わが家の夕めし
- 池波正太郎　新装版 緑のオリンピア
- 池波正太郎　新装版 殺しの四人〈仕掛人・藤枝梅安(一)〉
- 池波正太郎　新装版 梅安蟻地獄〈仕掛人・藤枝梅安(二)〉
- 池波正太郎　新装版 梅安最合傘〈仕掛人・藤枝梅安(三)〉
- 池波正太郎　新装版 梅安針供養〈仕掛人・藤枝梅安(四)〉
- 池波正太郎　新装版 梅安乱れ雲〈仕掛人・藤枝梅安(五)〉
- 池波正太郎　新装版 梅安影法師〈仕掛人・藤枝梅安(六)〉
- 池波正太郎　新装版 梅安冬時雨〈仕掛人・藤枝梅安(七)〉
- 池波正太郎　新装版 忍びの女(上)(下)
- 池波正太郎　新装版 殺しの掟
- 池波正太郎　新装版 抜討ち半九郎
- 池波正太郎　新装版 娼婦の眼
- 池波正太郎　近藤勇白書(上)(下)〈レジェンド歴史時代小説〉
- 井上靖　楊貴妃伝
- 石牟礼道子　新装版 苦海浄土(くがいじょうど)〈わが水俣病〉
- いわさきちひろ　ちひろのことば
- いわさきちひろ・松本猛　いわさきちひろの絵と心
- いわさきちひろ・絵本美術館編　ちひろ・子どもの情景〈文庫ギャラリー〉
- いわさきちひろ・絵本美術館編　ちひろ・紫のメッセージ〈文庫ギャラリー〉
- いわさきちひろ・絵本美術館編　ちひろの花ことば〈文庫ギャラリー〉

2022年6月15日現在